SIGNOS
EN LA TIERRA

SIGNOS
EN LA TIERRA

Eric Beira Casanova

Signos en la tierra

Ediciones Umbra
Edición y Corrección: *Karen A. Pérez*
Diagramación: *Luis Amaury Rodríguez Ramírez*
Diseño de Cubierta: *Ozru*

Estados Unidos, julio 2025

A la memoria de mis padres, Manuel y Fedora, siempre conmigo...

A la memoria de Ada Guzmán, siempre, por la Luz...

A mis hijos Erica y Enzo...

A Yani...

AGRADECIMIENTOS

A Andrés Alburquerque por la sincera, abierta e inesperada amistad. Por el apoyo constante y el inmejorable prólogo tan amistoso y honesto. A todo su equipo, el público y los amigos de su programa Enfoque Ciudadano que tanto disfruto, en especial a Karen Caudillo y Martín Sabater.

A mi editora Karen A. Pérez y su equipo de la editorial Umbra. Sin ti nada de esto existiría.

Al apoyo incondicional de mis amigos del 34. Ellos saben lo que significan para mí: familia…

A mis lectores, de antemano y por su apoyo a 3PM.

Prólogo al libro *Signos en la Tierra*

El encargo de crear un prólogo es una de las tareas más difíciles de este menester. Estás obligado a introducir una obra al resto del mundo y el temor de no ser preciso te invade. Por ello, sin la menor pretensión, prefiero contar el modo en que esta colección de cuentos me impactó.

El lector se adentra en una madeja de breves historias que cuentan vidas enteras. Unos diez millones de vidas de cubanos para ser más precisos. Cubanos muy de hoy y muy de ayer, todos mezclados siguiendo el capricho de este autor de pluma saltarina, llena de sarcasmo y humor negro, pero siempre reflejando con helvética fidelidad las sensaciones más afines a los que viven dentro de la isla.

Cada cuento lleva su cuota de estoicismo mientras personajes de su primer libro 3PM se descuelgan del abismo en que el autor los ha colocado para salir en contextos diferentes en este. Se puede apreciar una constante que no aporta valor literario necesariamente, pero que en este caso resulta imposible soslayar: la tragedia de un pueblo, pero no de un pueblo en abstracto y en sentido sociológico; una tragedia que se traduce en dolor de hombres, mujeres y niños. Todos sufriendo por igual sin distinción ni excepciones. Un llanto desgarrador que se percibe en cada sílaba de esta prosa fresca y coloquial, que a la vez nos abofetea y hace pensar.

Todos nos sentimos un poco como la señora de *La Casa de las Mariposas*, relato que me transportó caprichosamente a Santa Fe, a las afueras de La Habana. O como el niño de *Juguetes Nuevos*. Fruncimos el ceño ante el final sorpresivo de *El Capitán*, un relato en extremo valiente que se permite hurgar en los dobleces más ocultos de la psiquis humana. Este es un trabajo que sigue la línea de *Voyeur*, que aparece en su primer libro, pero que refleja la maduración de un autor que no teme adentrarse en nuestras sensaciones y sentimientos con honesta curiosidad. Seguramente todos releemos con una mezcla de envidia y alivio, por no estar en el lugar de su protagonista, Los Días de la Peste.

A mi juicio, el mayor elogio que se puede hacer de esta obra es el deseo de seguir leyendo, la impaciencia que provoca girar la última página y sentir que aún nos queda apetito por las tramas que ha tejido el autor.

Andrés Alburquerque.
Miami, 13 de julio 2025

La casa de las mariposas

I

La Tormenta

Mientras poderosos vientos huracanados barrían con saña la ciudad, la única casa de madera del barrio resistía a duras penas los embates persistentes del temporal que amenazaban con echarla abajo esa noche. Hacía tiempo que su aspecto anunciaba la extinción. Era un verdadero milagro que no se hubiera caído ya por sí sola.

Luego de semejante tormenta, del portal solo quedaron el desconchado suelo de lozas y parte de las columnas de madera que soportaron el techo por delante. El resto, incluido la mayor parte de los muros bajos que formaban el contorno y, por tanto, hacían las veces de barrera exacta de ladrillos, estaba disperso por los costados de la casa, y entre el abandonado y tupido jardín de enfrente, que más parecía una selva en miniatura creándose con voluntad propia y sin el cuidado de nadie.

La dueña salía poco. En ocasiones, muy temprano en la mañana, con los olores de la colada del primer café por todo el barrio. Otras veces de noche, tarde. Por eso muy pocos se enteraban. Los niños del barrio, que en ocasiones gustaban de jugar en el jardín y el portal de la casa, solo conocían su voz, profunda y añosa, por los regaños y protestas de ella desde dentro.

Años antes, los cactus y otras plantas espinosas rodeaban la casa a menos de un metro de distancia, creando un pasillo estrecho a su alrededor, húmedo y oscuro, por donde los chiquillos no se aventuraban a avanzar más de tres o cuatro pasos, retándose unos a otros. Con el paso de los innumerables temporales que fueron derruyéndola y reduciéndola a un esqueleto que no acaba de morirse nunca; esas exactas delimitaciones arquitectónicas fueron perdiéndose. Era el caos alrededor de la morada.

De noche, su tenebrosa apariencia intimidaba aún más, con aquellos arbustos enfrente creando formas terroríficas en la oscuridad. Al fondo, se podía percibir la silueta de aquel caserón por entre cuyas tablas se escapaban hilillos de luz. En noches de luna llena, la casa se alzaba por sobre la vegetación frontal y adquiría una tonalidad grisácea que, junto a su aspecto ruinoso, ofrecía una estampa inquietante para cualquiera, sin importar su edad.

Pero, en medio del abandono había algo que desentonaba siempre en la escena y le confería a aquel lugar un halo mágico. Un sinfín de mariposas blancas volaban por sobre el techo de la casa y entre la maleza, se posaban constantemente en todas partes, salían en desbandada cuando los muchachos del barrio correteaban por entre los escombros y la vegetación.

La señora, que peinaba un ensortijado cabello —negro aún— lucía muy delgada. Era, sin dudas, el reflejo de años de precariedad y de una vida difícil. Con el tiempo, se volvió una especie de ermitaña y pasaba cada vez más horas encerrada en su derruido cubil, clausurado contra las miradas extrañas y poco discretas, siempre prestas a fabular. Hacía muchos años que nadie del barrio entraba en aquel lugar, ni siquiera de visita. Ella no lo permitía ni se relacionaba con la gente como para ese tipo de trato social usual entre otros vecinos de la cuadra.

Solo un amigo la visitaba ocasionalmente los fines de semana desde hacía años. Llegaba al caer la tarde, y se iba muy avanzada la noche. Aunque con toda probabilidad de similar edad a la de ella o incluso mayor, lucía menos viejo. Ataviado siempre con una gorra bolchevique carmelita oscura y un par de zapatos a dos tonos como los que se usaban en la época del Benny. A pesar de su pintoresco atuendo para los tiempos que corrían, el hombre era tan huraño, serio y poco sociable como la señora. No era del barrio, pero los más viejos creían recordar que por allá por los cincuenta había sido un muy conocido promotor artístico y organizador de fiestas memorables.

El enigma asociado al raro y poco sociable comportamiento de la señora creció cuando el huracán era ya inminente. A pesar de que nadie recordara que su actitud jamás hubiese sido diferente, muchos le ofrecieron su casa para pasar el temporal porque creían que su endeble hogar no aguantaría los fuertes vientos que se anunciaban. Sin embargo, ella declinó las ofertas sin responderlas y permaneció altiva e impertérritamente anclada a su morada.

Cuando pasó la borrasca y el portal dejó de existir, el resto de la casa quedó inclinada hacia el lado en que sopló el viento con más insistencia.

13

Pasaron varios días y, dado que no se apreciaba el menor movimiento, los vecinos comenzaron a preocuparse por la señora. Mayor que la preocupación fue la sorpresa cuando por fin se la vio salir una mañana. Caminaba encorvada, usando un bastón y su pelo era ahora entrecano. Incluso, su cuerpo se inclinaba hacia el mismo lado que su hogar.

Así fue como nació el mito de que la señora estaba ligada sin remedio a su casa, y su destino al de esta; que cada una era la réplica exacta de la otra. Con semejante teoría era de suponer que el día que algún otro cataclismo destruyera por completo su vivienda, la señora desaparecería con ella. Y aun cuando ello fuera el resultado de la imaginación popular, desde el pragmatismo más absoluto estaba claro que, si continuaba negándose a la ayuda de la vecindad, aquella terminaría sepultándola entre sus escombros y todo por la condenada insistencia de permanecer allí contra toda lógica humana.

Los vecinos más viejos recordaban que cuando la señora era joven y bella la casa también lo era. Los colores de las maderas pintadas relucían como ella cuando se sentaba en el portal, arreglada, perfumada y colorida en su vestir, a esperar, paciente, hasta bien entrada la noche, el regreso de su marido. Los mechones de pelo suelto sobre el rostro cubrían ambos lados de la cara y la frente. Por aquella época, las flores resaltaban en el césped bien cortado. Y por supuesto, las mariposas blancas que siempre estuvieron allí. Cuando las hierbas comenzaron a crecer y las tablas a descascararse y perder brillo y color, el aspecto de la señora pareció seguir el mismo curso descuidado. Según la memoria popular, esto comenzó justo cuando descubriera, por un chisme de alguna vecina, que su marido la engañaba. A ello se debía al parecer su regreso tan tarde en la noche y no al trabajo en el puerto cuyas jornadas siempre parecían prolongarse más de lo normal.

Se llamaba Renato, un mulato corpulento, alto y bien parecido. Su orgullo, su adoración y la envidia de las demás mujeres. Algunos aseguraban que hasta tenía hijos regados por ahí, a pesar de que con su mujer no tuvo ninguno. Se decía que arrastraba un muerto sobre sus espaldas por algún ajuste de cuentas y la fama de ser un tipo callado, paciente y tranquilo, aunque letal, como los grandes depredadores salvajes. Su caminar, y aquella estampa de seguridad que tenía mantenían a la gente bien a raya sin necesidad de abrir la boca. En especial, lejos de su mujer, que en aquellos tiempos era una mulata tan apetecible como él.

Según contaban los vecinos más viejos, el día en que la señora se enteró de las infidelidades de su esposo, lo esperó, como de costumbre, en el portal, sentada, perfumada y bien vestida. Tranquila. Balanceándose en su sillón. Cogiendo fresco. Cuando entraron los dos, todo el barrio escuchó el escándalo y los golpes. Al cabo de algunos días se le vio salir, con el pelo en la cara y gafas oscuras, presumibles huellas del altercado doméstico.

No se supo nada más de Renato desde entonces.

II

Las lluvias

Algún tiempo después del huracán sobrevino una época de lluvias. Cuando estas cesaron y el sol salió otra vez, comenzaron a notarse los efectos de las recientes inclemencias del tiempo sobre la casa. Parte de lo que fuera la sala comenzó a largar poco a poco los trozos, quedando al descubierto, por primera vez, el interior de la envejecida vivienda. Con la sala expuesta de semejante forma la gente descubrió que estaba vacía. Ahora la entrada a la vivienda era la puerta de la siguiente habitación que quedaba en pie.

Fue como si la señora presintiera el infortunado destino de su hogar y se hubiera preparado para el avance indetenible de la destrucción y la pérdida del espacio habitable. Así, iría replegándose cada vez más hacia el interior como en una cortazariana casa tomada.

Cuando lo poco que quedó de lo que había sido la sala terminó de caerse, todos notaron como la intrincada vegetación del jardín, silenciosa, como con vida propia y voluntad invasora dispuesta a ocuparlo todo, había crecido incluso hacia el interior. Mientras la casa se encogía con cada nuevo evento natural, la vegetación incontrolada del antiguo jardín crecía. Inconforme, ahora ocupaba, además de su espacio originario, lo que antes habían sido el portal y la sala, y se extendía por los costados de la morada sustituyendo la olvidada cerca de cactus y plantas espinosas, como emboscando sin pausa a la vivienda y su moradora.

Si se miraba al suelo, se podía apreciar que por debajo de la nueva puerta de entrada y de las paredes que delimitaban el cada vez más reducido espacio hogareño, se colaban ramas de plantas e incluso subían como enredaderas por el exterior de las paredes aún en pie. El sendero de piedra que en el pasado partía el jardín en dos mitades ya no existía, como tampoco el irregular y desconchado piso de lo que habían sido el portal y la sala. Aun cuando las anteriores plantas ornamentales y flores se habían trocado en un sucio bosque de apariencia amenazadora –como si la vegetación misma se sumara a la intención de su dueña de cerrar el paso de todos hacia adentro– estaba aquel rasgo particular que permaneció intocado a pesar de todo con extraña insistencia: las pequeñas mariposas blancas que revoloteaban entre los arbustos.

La señora en cambio, estaba canosa por completo y llevaba el cabello corto. Disparejo e irregular. Como si ella misma lo hubiera arrancado, sin orden aparente ni espejo. O como si se le hubiera caído en secciones aleatorias de la misma forma en que se había derrumbado la sala después de las lluvias. El pelo corto descubrió una cicatriz del lado izquierdo del rostro que se prolongaba desde el costado del ojo hasta la comisura de los labios.

La curiosidad y preocupación del vecindario por la señora comenzó a transformarse en miedo.

III

Los signos

Parado sobre cualquiera de los puntos altos del barrio pueden observarse, a lo lejos, las lomas que lo rodean. Sus calles también se hunden y ascienden emulando con esas elevaciones limítrofes. Esas irregularidades del relieve hacen que el barrio sea, con toda probabilidad, de los pocos en La Habana con escalinatas como las de Santiago. En total hay tres, paralelas y consecutivas, sin otras calles de por medio entre ellas. Un agujero atrapado, cercado por lomas y una línea de tren.

Todo en el barrio parece diseñado para algún impensable propósito. Emboscado por la naturaleza, como la casa de madera y su dueña quien, con su nueva apariencia, provocaba temores y suspicacias entre los vecinos. Con el miedo, como siempre sucede, llegó la superstición.

Un día Juanito, el del puesto de viandas de la esquina, retomó ciertas habladurías de la época en que la señora y su esposo se mudaron al barrio. Según él, en aquel entonces, la casa tenía el número 83 y la gente en aquellos días habló mucho sobre malos augurios asociados a esa cifra. Se dijo que ninguna pareja podría ser feliz en una casa con semejante numeración.

En el argumento numérico de la especulación vecinal, la voz cantante la llevaban los boliteros. Entre ellos, Juanito era una voz de conocida autoridad. Según sus palabras, ese número quería decir tragedia. Así, desde el principio, todos la esperaron.

Cuando la señora se enteró de las andanzas de su marido y estalló la discordia doméstica, los agoreros reafirmaron que tenían razón, que aquellas cifras solo podrían traer desgracias. Se decía que aquel número era de tan mal agüero que incluso los más empedernidos y supersticiosos jugadores pocas veces lo jugaban, porque aun teniendo la certeza más absoluta de que "iban a salir", estaban persuadidos de que el dinero ganado a la larga no traería nada bueno.

Entonces, los expertos en la bolita alzaron otra vez la voz recordando que el 83 era adulterio, riña, discusión, peligro, mal, amor, líos y madera, como la casa… pero también muerto. Así, las sospechas sobre el destino ulterior del adúltero cayeron como una sombra sobre la gente en la cuadra. Luego pasaron los años, la vida siguió su ritmo natural, en paz y el episodio de los números cayó en el olvido. Nadie preguntó nada más hasta que alguien recordó que cuando se cayó el portal, justo después del huracán, el número de la fachada perdió uno de sus dígitos quedando solo el 8. O sea, más sinónimos de desgracias. Este dígito reafirmaba la idea del muerto, y Juanito encendió otra vez el debate mencionando que también es soledad y viudez.

Pero había más. La caída del 3 encerraba cierto simbolismo, argumentaba Juanito, porque ese número significa niño chiquito —algo que nunca hubo allí— y amor, tema al parecer ya esfumado de ese hogar. El colmo de la alarma por la polémica numerológica llegó cuando otro de los boliteros viejos de la cuadra, Manolo, el chino, amigo de Juanito —con el que discutía mucho sobre el tema poniendo en entredicho las interpretaciones del viejo vendedor de viandas— decidió expandir la imaginación, las relaciones místicas con los números y sus significados más disímiles. Todos querían aportar algo nuevo.

El número que quedó después del huracán, el 8, es 2 veces 4 —o 4 veces 2, según se quiera—, y a raíz de los últimos acontecimientos había que tener en cuenta que el 4 significa cara, cicatriz, harapo y otra vez… muerto. Encima, el 2 es caída, casa y mariposa. Ninguna secuencia más precisa que esta última.

Luego de tan particular debate de conocimientos numéricos, la gente congregada alrededor de los disertantes, Juanito y el chino Manolo, se quedó en silencio y como movidos por el mismo resorte, casi involuntariamente, todos los rostros se voltearon hacia la casa derruida, marcada por un raro destino. Una cábala de pesadilla en un macabro juego de la lotería con la vida.

Fue así como ese pequeño sindicato vecinal, alarmado por la superstición de tan improvisada conjetura callejera, decidió por su cuenta que había que hacer algo… y pronto.

El que llevaba entonces la voz cantante en el grupo, Manolo, el chino, osado hijo de Oggún, hizo una propuesta concreta y, en su opinión, prudente. Como no podían entrar en la casa —el mismo temor se los impedía— ni hacer nada más pues sus razones no tenían la solidez necesaria para emprender alguna acción, propuso consultar a Pepón, el santero de la cuadra, padrino suyo y prestigiado entre sus pares del barrio. Consultado por muchos, incluidos otros babalochas y santeros viejos. Incluso algunos babalawos confiaban en sus criterios.

El pequeño grupo decidió entonces apoyar la propuesta de Manolo y fueron a ver a Pepón.

IV

El oráculo

El verdadero nombre de Pepón era José María Ocando, quien no perdía ocasión para hablar del origen de su apellido. Solía contar que no era el de un señor de esclavos al que hubieran pertenecido sus antepasados, como ocurre con los apellidos de muchos negros en Cuba, sino que era una modificación, españolizada, del nombre del primero de los suyos que llegó a la isla. Un príncipe africano que sin esperar demasiado en su nueva condición de esclavitud se convirtió en cimarrón y fue toda una leyenda entre los esclavos en Cuba: Ochandé.

Cuando la espontánea comitiva armada por el chino Manolo fue a consultarlo, Pepón aconsejó hacer una limpieza, un ebbó. Aunque no dio garantías de nada, puesto que no tenía la menor idea del tipo de brujería que podría haber detrás de lo de la casa. Hasta el momento solo existían especulaciones y los caracoles no dijeron mucho. Pero el debate continuó y pronto hasta Pepón estaría convencido del maleficio de la casa.

Fue entonces que lo impensable sucedió unos días después: hubo un temblor de tierra y en el barrio todos se quedaron petrificados al ver que la única grieta, producto del movimiento telúrico, salió en la cuadra y se abría paso hacia la casa de madera. La rajadura comenzaba en la calle e iba directo por el medio del jardín, sobre lo que antes fuera el sendero de piedra y avanzaba hacia el interior de la nefasta morada. Como era de esperarse, con el sismo solo quedaron en pie un par de habitaciones al fondo, visibles por encima de la vegetación frontal. Para todos estaba claro que solo quedaba esperar. Que la casa no resistiría mucho sin derrumbarse por completo.

La grieta reafirmó la hipótesis del conjuro. Más cuando se comprobó que a pesar de que el crecimiento de la vegetación se había detenido, las mariposas blancas seguían allí, volando en el jardín y alrededor de la casa; cada vez más numerosas. Ahora lucían como una presencia macabra, un anuncio de más desgracias. El número 2, y el resto de las explicaciones asociadas a los otros dígitos que ya no existían, regresaron de nuevo a la mente de todos como un tenebroso presagio.

Fue entonces que apareció Pepón acompañado de su primo, el babalawo Antonio Ocando.

Era un hombre de gran prestigio en toda la ciudad y fama de sabio conocedor de todo lo relacionado con su culto. Vestía siempre de blanco, azul claro o una combinación de ambos colores y tenía la cabeza afeitada por completo. La usanza tradicional de sus dignidades, prácticamente en desuso generalizado.

Llegaba a confirmar las más terribles sospechas de todos: había un embrujo, aunque no estaba dirigido a la señora, ni a la casa, ni al barrio, ni a nadie en particular. De hecho, había dos maldiciones, no una sola, que se enredaban porque implicaron en su momento a personas cuyos destinos también se entrelazaron. Dijo que una de ellas la echaron al puerto de La Habana. Un hombre blanco con una sonrisa macabra y con una alegría desmedida, justificada solo por un conocimiento más profundo.

El conjuro era muy poderoso, proveniente de otras tierras y como un nudo gordiano que se auto enredaba, retorciéndose en sí mismo, mezclando historias del presente y el pasado. El vecindario solo era testigo de uno de sus muchos caminos.

La otra maldición precedió a la del puerto, aunque por escasos meses y fue lanzado en un lugar apartado de la ciudad. Su emisor trazó en la tierra, con sus propias manos, un extraño y antiguo símbolo de origen africano y al terminar de pronunciarla, murió. Esta era tan antigua como la primera y tan indescifrable para Antonio Ocando como para todo sacerdote afrocubano, ya fuera de Ifá, Ocha, Palo monte o cualquiera de los otros ritos africanos en la isla.

Antonio Ocando sabía todo esto gracias a un sueño muy poderoso que tuvo, aunque no lo mencionó a los vecinos. En su sueño había visto a Ochandé mirando al taita mientras dibujaba aquellos extraños símbolos. En el sueño se mezclaba, además, la muerte de Ochandé con la imagen de un revólver pintado de blanco por una cara de la culata y de amarillo por la otra, con el mismo símbolo que el taita dibujara en la tierra inscrito en ambas caras. Era un signo que él jamás había visto, aunque le recordaba vagamente las firmas de los "juegos abakuás". También vio la muerte de un hombre blanco, producto de un veneno muy poderoso que otro hombre negro le ofreciera.

Aunque no se pudiera hacer mucho para conjurarlas o tratar de desenredar las maldiciones, Antonio vino a compartir con el vecindario los oddun de Ifá resultado de la consulta que hizo luego de tan perturbador sueño.

El primer oddun que salió fue irete meyi, que habla de Ikú; signo de la tierra, que domina todo lo que es muerte. Y lo más interesante, aunque tarde la admonición, significa el magma de

23

la tierra, muy relacionado con los terremotos y todos los eventos telúricos. Dijo que una de las marcas del signo son las caídas y miró la casa de madera cayéndose a pedazos mientras la gente recordaba el debate numerológico y los significados del número 2. En esta respuesta a la consulta se estaban mezclando de forma arbitraria el presente, el pasado y el futuro.

El segundo oddun fue osa fun. Era otra respuesta al presente, que de nuevo se enredaba con el pasado. Este oddun reitera mucho la presencia de las mariposas y uno de sus patakíes habla de que la mariposa debe vivir en el campo y no en la ciudad. Hablaba también de chisme e infidelidad conyugal y de cómo la solución es mudarse de la casa. Todos entendieron que esa parte del mensaje estaba referida al pasado y recordaron el número 83 con en el que estaba marcada la casa. Los más viejos recordaron cómo al principio de la pareja llegar al barrio todos decían que harían mejor en mudarse de allí.

Ya a esas alturas, fueran o no de fácil interpretación los oddun, no había nada más que hacer: el destino se había consumado irremediablemente y el mismo oluwo así lo aseguraba. Solo quedaba esperar. Era consciente, por experiencia y conocimiento, que, aunque los humanos no siempre pudieran interpretar sus mensajes de la forma más correcta y precisa, Orula nunca se equivoca.

V

Las mariposas

Esa misma noche, una luna roja anunció los acontecimientos venideros. La comunidad estuvo al borde de la catarsis total colectiva. El paroxismo de la alarma mantuvo despiertos a la mayoría hasta bien entrada la madrugada.

En la mañana la gente actuó casi por instinto, sin pensar, movidos por el miedo. El vecindario perdió por completo el control al descubrir un rastro de sangre que se prolongaba por el centro del matorral frontal hasta la casa y se perdía dentro por debajo de la nueva puerta de entrada. La sangre seguía el mismo curso sinuoso y exacto de la rajadura creada por el terremoto del día anterior.

Algunos afirmaban que la señora había entrado a la casa un rato antes con una prisa casi impensable para su edad y poco característica de su andar pausado. En los últimos tiempos todos estaban muy pendientes de cada uno de sus movimientos. Así que, sin mediar acuerdo ni planificación, todos se abalanzaron en masa por el jardín.

Algunos hombres llevaban machetes para cortar la tupida vegetación que, para entonces, era una especie de túnel oscuro por el que apenas cabía alguien de la estatura encorvada de la señora. Las raíces en el suelo también obstaculizaban el paso. Lo más extraño fue que mientras los vecinos avanzaban

25

hacia el interior de la vivienda no había ni una mariposa por todo aquello.

El rastro de sangre, oscuro y espeso, se abría paso entre la densa vegetación, como una herida fresca. Cuando llegaron frente a la puerta empezaron a tocar con fuerza, exigiendo con voluntad y apremio que la señora abriera. Sin premeditación alguna o arreglo colectivo, le estaban dando un ultimátum.

Ante el silencio, la echaron abajo. Comprobaron entonces que lo único que quedaba, a duras penas, era la cocina y no había más mobiliario que el usual en este tipo de habitaciones. La cafetera estaba en el fogón a punto de colar, la ventana de dos hojas de madera dejaba ver el amplio terreno abandonado del fondo. La pila del agua abierta y en un radio antiguo, en una desvencijada carcaza de madera, se podía escuchar el murmullo de una versión moderna del chachachá La engañadora, que algún programa radial se empeñaba en recordar.

A pesar de la humildad reinante, todo estaba limpio y en perfecto orden. En el techo, un agujero proyectaba un amplio haz de luz. La grieta del terremoto y el rastro de sangre terminaban en el medio de la cocina, bajo la mesa. Al acercarse, una tupida nube de mariposas ascendió escapándose hacia el agujero en el techo.

Fue entonces que vieron bajo la mesa el vestido de la señora manchado de sangre. Manolo, líder de la comitiva, levantó del suelo —con la punta de los dedos y con una mueca de asco— la pieza de ropa de donde salió la última mariposa blanca, que lenta y sin temor, siguió el rumbo de sus compañeras.

Allí, en el piso, bajo el vestido, había una pequeña lomita, como una especie de colonia de alimañas e insectos entre hormigas, moscas, gusanos, ciempiés y cucarachas. Debajo había una losa desencajada del piso.

Fue Manolo, el chino, una vez más, quien tomó la iniciativa de removerla, dejando al descubierto, confundido con la inmundicia y la tierra húmeda de debajo, un esqueleto humano.

Esa misma noche, y sin provocar ningún ruido, lo que quedaba de la casa se derrumbó por completo.

El capitán

I

En el barrio le decían el Capitán. Alguna vez oí decir a alguien su nombre, pero ya no me acuerdo cuál era. Uno de esos antiguos que ya nadie usa, solo recordado por los más viejos. Los que lo conocían de toda la vida y decían que los años lo habían vuelto agrio y solitario. Cuentan que de joven era muy activo y vividor. Que todos los sábados y domingos se vestía muy bien al caer la tarde y se perdía en la ciudad. De aquella estampa solo quedaba ese vago y dudoso recuerdo de un ser taciturno que no saluda a nadie.

Cada tarde llegaba en su auto, se bajaba para abrir la reja, lo parqueaba adentro, y volvía a bajar para atrancar la reja tras de sí. Antes de cerrarlo con llave y con las ventanillas hasta arriba, recogía del asiento trasero su maletín ajado, lleno de papeles y del maletero algunas otras cosas. Luego se perdía por la vegetación de los jardines sin podar que rodeaban su inmensa casa y nadie volvía a verlo hasta que a la mañana siguiente montaba otra vez en su auto para irse a trabajar. Así cada día.

Los fines de semana también permanecía encerrado. Todo el tiempo lo pasaba metido en aquel caserón agobiado por los años, la humedad y las grietas de suelos y paredes. Era el personaje misterioso y pintoresco de la cuadra y aunque todos los muchachos nos moríamos de la curiosidad nadie se atrevía a acercársele. Y es que el Capitán arrastraba una reputación de hombre de malas pulgas que pocos se atrevieron poner a prueba. Por eso me resultó tan extraña aquella imagen de un Capitán joven, que salía a bailar en las noches de La Habana.

Antes de 1959 el Capitán era un hombre común y corriente. Era el mayordomo y chofer de la familia en cuya casona ahora vivía. Sus aposentos eran la pequeña construcción de dos plantas en el patio del fondo. La costumbre de la época. Otra criada, de turno cada noche, pernoctaba dentro de la casa, pero él dormía en esa especie de morada propia a la sombra de los señores.

El primero de enero de 1959 abandonó sus funciones por primera vez y salió a la calle hecho un loco, como el resto, como otro día, veinte y tantos años atrás, al irse Machado. Dicen que amaneció vestido de verde olivo y con el brazalete del 26 de Julio. Y como él, unos cuantos más. Gente tranquila, de la que jamás se hubiera pensado. Todos los del Movimiento que salieron ese día a las calles del barrio, seguían sus órdenes.

Iban armados. Cuando aquello todavía no era capitán, eso fue después. Fueron a la estación de policía y les entregaron las armas y la estación misma sin disparar un solo tiro. El capitán ordenó encerrarlos a todos en las celdas que vaciaron de revolucionarios y se sentó en el buró del jefe a esperar que llegara un oficial del Ejército Rebelde a recibir la unidad.

En cuanto los rebeldes tomaron posesión y los relevaron de su responsabilidad, el capitán salió para las calles con los suyos y comenzaron a romper parquímetros, luego entraron a los bares y rompieron las victrolas, las mesas de billar, los traganíqueles. Mi abuelo estaba en una bodega del barrio cuando entró el Capitán con su gente y tumbaron al piso una victrola en la que estaban oyendo una canción de Vicentico Valdés, *Añorado encuentro*, un éxito de aquellos días. Nadie hizo nada. Según mi abuelo eran símbolos de una época que terminaba.

Cuando acabaron los destrozos y la embriaguez del triunfo alcanzó su cenit, todo el mundo se recogió a sus hogares y la vida siguió su curso. El Capitán se encerró en la casa del fondo y no trabajó más para los dueños. Ellos tampoco lo molestaron. Supongo que le temían, como a partir de entonces, el resto del barrio. Lo dejaron allá atrás hasta un día en que, nadie supo por qué, el señor de la casa fue a buscarlo, entró como una tromba por la puerta y se oyeron gritos y discusiones.

Cuentan que el señor lo expulsó y el Capitán no volvió por el barrio hasta que la familia decidió irse del país. Entonces regresó a tomar posesión de lo que serían sus dominios.

II

Cuando yo era más pequeño, el Capitán era el presidente del comité en la cuadra. Luego se retiró de eso y de todo, dejándolo en manos de otros y se dedicó exclusivamente a su trabajo y su rutina vital diaria. Esa renuncia sucedió luego de un incidente particular.

Un día, de la nada, salió hecho una fiera para la calle y entró en casa de unos vecinos cuyos hijos, unos muchachos, estaban oyendo música rock muy alto. Los jóvenes llevaban el pelo largo, lo que oían era bastante ruidoso y movían las cabezas para alante y atrás, y brincaban, y hacían con las manos como si tocaran unas guitarras invisibles. Yo lo hubiera llamado cualquier cosa menos divertida, pero así lo llamó el Capitán cuando entró como un trueno en aquella casa y apagó la música como años antes apagara las victrolas del barrio para siempre: tirándolas contra el suelo. Los muchachos empezaron a protestar ante la acusación más rara que he oído en mi vida: "diversionismo ideológico". Eso no fue lo que yo entendí en ese momento, pero fue lo que me explicaron mis padres por la noche cuando pregunté. Más allá de las palabras exactas no me aclararon nada, y como otras muchas cosas me lo postergaron para cuando fuera más grande y capaz de entenderlo.

Luego de acusarlos de "divertidos", el Capitán agarró por los pelos al que más protestaba y lo arrastró hasta la unidad de policía del parque, aquella que él mismo tomara en 1959, mientras lo llamaba traidor y gusano por oír la música del enemigo. Los demás salieron corriendo, cada cual, por su lado, en cuanto agarraron al cabecilla. Por el camino el Capitán iba diciendo también que en cuanto llegaran a la unidad lo iban a pelar a rape, que los hombres no llevan el pelo largo, que eso era para las mujeres. El joven iba a rastras, llorando. Sus padres no estaban en la casa cuando eso pasó, pero tampoco protestaron mucho cuando se enteraron. Lo dicho, nadie se metía con el Capitán.

Lo que pasó en la unidad nadie lo sabe muy bien. Se comenta que hubo gritos en la oficina del jefe de estación. Que el Capitán lo amenazaba diciéndole que era un mequetrefe, que no sabía quién era él, que si estaba sentado en aquella oficina era gracias a él y otros que tomaron la estación para que ahora un comemierda le dijera qué tenía que hacer con unos traidores. El jefe de unidad le dijo que aquellos eran conceptos erróneos y anticuados, de otros tiempos. El Capitán casi revienta de la rabia. Salió como un bólido de la unidad, directo a pedir la renuncia como presidente del comité, porque sus ideas ya no servían, no estaban de moda.

Al muchacho no lo retuvieron mucho más tiempo. Lo soltaron en cuanto el Capitán se fue y nadie le cortó el pelo. A partir de ese día supimos que no todo lo que hacía y decía el Capitán era ley. Que a veces se equivocaba y que había gente en el barrio más poderosa que él. Yo llegué a la conclusión de que el Capitán era enemigo de la diversión, que para él era como un pecado grave. Precisamente él, que según los viejos tan divertido fue en su juventud.

Esa caída en desgracia del todo poderoso Capitán, nos dio el valor suficiente para preparar nuestra aventura.

III

Como en toda operación encubierta, la primera fase fue la vigilancia. Teníamos que estar bien seguros de lo que íbamos a hacer porque si fallábamos nos veríamos en apuros. Así que empezamos por estudiar la rutina del Capitán. Observamos todos sus movimientos desde que llegaba con el carro hasta que se perdía entre los matorrales que comenzaban justo en el espacio donde parqueaba.

Eso era cada tarde sobre las cinco y pico o las seis. Los fines de semana no salía nunca de la casa. Se la pasaba encerrado desde el viernes en la tarde hasta la mañana del lunes. No lo veíamos salir ni supimos nunca la hora exacta porque cuando él se iba estábamos preparándonos para la escuela y no podíamos estar apostados frente a su casa.

La siguiente fase fue la de la acción. Debíamos entrar en la casa y salir a más tardar sobre las cinco de la tarde si queríamos mirar bien todo antes que él llegara. La curiosidad fue más grande que el miedo hacia el Capitán.

Para completar nuestra misión teníamos que fugarnos de la escuela porque si esperábamos a las cuatro y veinte no nos daría tiempo. Y de paso para que nuestros padres no se enteraran. Cuando llegaran de sus trabajos ya estaríamos en la casa.

Decidido, al otro día rompíamos el corojo, como Maceo.

Éramos cinco: Andrés, el Colorao; Eddy, el Loco; Fidel, le decíamos Fifo; Yensi, el chino; y yo. Nos fugamos a las dos y pico de la tarde, luego de la educación física y llegamos a la reja de la entrada de la casa del Capitán antes de las tres. Teníamos todo el tiempo del mundo para investigar.

Con mucho cuidado, para no hacer ruido, abrimos la reja de la entrada que daba a un pequeño sendero de piedra hacia los escalones que subían al portal. Al costado izquierdo de aquella senda estaba el espacio al aire libre en el que el Capitán parqueaba su auto. Ahora que lo pensábamos bien, nunca tomaba este camino para entrar a la casa luego de bajarse del carro. Se iba por entre los ramales que rodeaban el viejo caserón. Supusimos que entraría por alguna puerta del fondo. Algo más para tener en cuenta una vez dentro.

El portal estaba tan derruido como el resto de la casa. Las losas del suelo tenían rajaduras y la humedad se podía ver en las paredes. La puerta lucía vieja también. Era de las grandes y fuertes, diferente a las de nuestras casas, pero estaba ya débil, carcomida por los años. Así que fue fácil forzarla. Fifo llevaba en su mochila un hierro curvo que era de su papá y dijo que con eso sería pan comido. Su papá lo llamaba pata de cabra.

El Fifo puso una de las puntas en el medio, cerca de la cerradura y los demás empujamos en sentido contrario. Hubo un sonido como a algo que se quiebra y la puerta cedió. Al cruzarla entramos a un mundo imposible de imaginar.

IV

Un par de años después de lo de las victrolas, los billares y los parquímetros, el Capitán desapareció por primera vez de la cuadra. Pero la casa no se quedó sola. Una mujer, nunca más vista desde los días tumultuosos en que se fueron los señores, reapareció. Era una de las antiguas criadas de la familia y al parecer el Capitán la dejó a cargo de las labores domésticas durante su ausencia, en una morada que debía requerir, con toda seguridad, inmensos esfuerzos para su mantenimiento, sostén y limpieza. Era la única que, contaban los más viejos, conversaba con él en los tiempos anteriores a 1959, y que, incluso, era su amiga. La ayuda que en aquel momento le ofreció lo demostraba con creces. La señora, de seguro a cargo de otros trabajos con los nuevos tiempos, iba todas las tardes y se marchaba en la noche.

Pero como resulta difícil que una sola persona pudiera ocuparse de todo, fue durante la ausencia del Capitán, que el follaje de los jardines, que antes él mismo fuera el encargado de podar, comenzó a crecer hasta adquirir esa apariencia de abandono e inmenso matorral en que se convirtió una casa que antes fuera tan espléndida y bien cuidada.

El Capitán anduvo lejos unos años y al regresar ya tenía esa expresión endurecida, inflexible y hasta temeraria que todos le conocíamos. Regresó vestido de verde, como los milicianos de entonces, como en enero de 1959 y con una autoridad engrandecida que nadie le conociera ni aún en aquellos días. En los hombros de su uniforme traía los grados que le valieron el epíteto que hizo caer su verdadero nombre en el más completo e irrecuperable olvido.

Así anduvo unos cuantos años, vestido de verde todo el tiempo, con una pistola a la cintura. Un carro militar lo traía todos los días al anochecer y lo recogía antes de salir el sol. A veces desaparecía por largas temporadas. Siempre que ocurrían aquellas dilatadas ausencias, la misma mujer regresaba a encargarse de lo que el nuevo señor no podía. La gente comentaba que, con aquel carácter, su nueva autoridad, don de mando y la disciplina adquirida en el ejército, sumadas a las viejas costumbres de la antigua mansión, el Capitán debía de ser un maniático del orden y la limpieza.

Dice mi abuelo que el Capitán se había ido a las lomas del Escambray a luchar contra los bandidos, algo que yo no entendí muy bien hasta que le pregunté al profesor de historia de la escuela y dedicó casi una clase completa a explicarnos eso y otras cosas relacionadas con la alfabetización. Lo que hizo el Capitán en esos años luego que bajara de las lomas nadie lo sabe a ciencia cierta. Al parecer se convirtió en alguien poderoso que incluso después de salir del ejército lo buscaban de vez en cuando, para desaparecer durante semanas e incluso meses.

Cuando se retiró del ejército adoptó su nuevo uniforme hasta el sol de hoy: una guayabera blanca, casi siempre de mangas largas, pantalones oscuros, muchos bolígrafos en el bolsillo de la guayabera, el portafolios, unos espejuelos gigantes que le hacían unos ojos inmensos y casi aterradores junto a su eterno bigote oscuro y su auto blanco que fue envejeciendo con él hasta que un día no caminó más.

Dicen que trabajaba en un ministerio, nadie sabía cuál, todo lo relacionado con el Capitán fueron siempre rumores y suposiciones de la gente. Fue por aquella época, cuando salió definitivamente del ejército, en que lo hicieron presidente del comité. Vitalicio hubiera sido de no ser por el altercado en la estación de policía el día en que atacó a los rockeros del barrio.

V

Cuando traspasamos el umbral de la entrada aquello estaba en penumbras. Cerramos la puerta detrás de nosotros y cuando nuestros ojos se acostumbraron a la semioscuridad pudimos ver mejor. Ninguno dijo una sola palabra. Estábamos hipnotizados. Había telas de araña por todas partes y las ventanas estaban atrancadas con muchos palos y tablas desde dentro. La sala era inmensa y al costado derecho se abría una amplia escalinata llena de polvo que alguna vez fue quizás blanca y que ascendía hacia la segunda planta. Los muebles estaban todos tapados con sábanas blancas también cubiertas de telas de araña y polvo. Aquello, al parecer, llevaba siglos así.

Opuesto al lado en que estaba la escalera había un objeto, tapado también, más grande que el resto de los muebles. Junto a un inmenso ventanal tapiado. Solitario. El Loco, como de costumbre, no pudo resistir la tentación y fue hasta allá. Quitó de un tirón la sábana blanca entre una nube de polvo dejando al descubierto un inmenso piano de cola. Se sentó, levantó la tapa y comenzó a presionar las teclas. El ruido proyectó ecos por toda la casa.

Le gritamos al Loco para que dejara de tocar y nuestras voces fueron amplificadas por semejante espacio vacío. Era como si aquella mansión abandonada se desperezara con nuestra presencia de un largo y obligado sueño.

Más que el aspecto de todas las cosas fue aquel eco, que nos obligó, sin poder evitarlo, otra vez al mutismo. Al parecer, allí no vivía nadie desde hacía mucho tiempo. Al menos no en aquella sala. Entonces continuamos hacia el fondo.

Una puerta corredera de doble hoja conducía a un comedor con una mesa larguísima y también cubierta de una tremenda sábana blanca. Alrededor, en armarios de madera y cristal, se acumulaba la vajilla que alguna vez mostró el esplendor de la anterior familia que allí vivió: copas de cristal muy finas, platos de porcelana, tazas de café de todos los tamaños y colores con sus respectivos platicos, como ya no se veían casi en ninguna parte. Todo un tesoro resguardado de la vista de la gente común, como nosotros.

La cocina estaba a continuación. Era inmensa, como casi todo en aquel lugar de ensueño, pero aquella estancia tampoco parecía que hubiera sido muy usada en los últimos años. Quizás décadas. El fogón mismo lucía abandonado y sucio, enmohecido. En el centro había una mesa, seguramente la que fuera de los criados y era el único mobiliario en todo aquel sitio que no aparecía tapado por una sábana blanca. Esa circunstancia y el hecho de que al fondo de la cocina había una puerta que no aparecía tapiada nos llevaron a la conclusión de que por allí era por donde debía entrar el Capitán a aquella solitaria morada.

Nos acercamos a esa puerta de madera, cuyo cuadrante superior era de cristales tapados por unas cortinas envejecidas, y fue Fifo quien las descorrió y se asomó para descubrir que desde dicha puerta nacía un sendero que se perdía en la maleza de lo que alguna vez fuera el patio y jardín del fondo. Pero el sendero estaba despejado de hierbas y arbustos dejando libre un camino que terminaba en un pedazo de suelo asfaltado seguido de una reja más allá de la cual se veía la construcción del fondo. La otrora casa de criados, la guarida del Capitán, cuando solo era un joven que disfrutaba de la vida en una ciudad llena de luces nocturnas.

Entonces comenzamos a discutir sobre quién de todos debía quedarse de guardia junto a esa puerta para avisar al resto no fuera a ser que llegara el Capitán y nos sorprendiera. Los demás subiríamos a la segunda planta por aquella escalera curva de la sala, a seguir investigando.

Tuvimos que echarlo a suertes con una moneda de veinte centavos. Le tocó al Colorao, que como siempre maldijo su mala suerte, pero quedamos en que cuando bajáramos, si nos quedaba tiempo, alguien se quedaría allí por él para que pudiera subir con el resto a mirar un poco.

El Colorao se quedó en la cocina, y los demás salimos hacia la sala. Apenas hicimos el intento de subir el primer escalón de la ancha escalinata sentimos afuera el ruido del motor de un auto detenerse. El Loco salió corriendo hacia la ventana grande junto al piano y se asomó por entre los pocos resquicios de luz entre las trancas de madera y las viejas persianas derruidas. El Capitán se bajaba del carro y abría las rejas que daban al parqueo de su viejo carro blanco.

VI

Oyendo a mi abuelo un día supe que el Capitán, cuando joven, se llevaba muy bien con el único hijo varón de la casa de los señores. Que a veces se les veía conversar cuando el Capitán hacía sus faenas en el jardín y que, incluso, alguna vez salieron juntos en las noches mientras el señorito manejaba su lustroso Ford del año con cintas blancas en las gomas.

La gente murmuraba, no sin cierta malicia, que no solo se llevaba bien con el señorito, sino que demasiado bien con la hija menor de la casa, la señorita Marta. Y en aquellos tiempos, semejante cercanía entre señores y criados no era bien vista ni permitida, por eso resultaba tan sospechosa.

Un día el señorito tuvo un accidente en su Ford y quedó paralítico. Se llamaba Julián, como su padre, un señor muy elegante y educado dueño de extensos negocios y un imponente Cadillac negro con el que salía la familia a pasear los fines de semana dejando libre al Capitán para sus misteriosas correrías nocturnas.

Fue por los años en que mi abuelo comenzó a hablarme por primera vez de aquella gente cuando comencé a cogerle lástima al Capitán, y el miedo de antes fue sustituido por la compasión.

Un buen día el viejo carro del Capitán no arrancó más. Durante algunos meses se le vio llegar a pie, siempre empapado en sudor, con la misma indumentaria, reacia al paso de los años como él mismo. En el bolsillo de la guayabera, ahora de mangas cortas y ajada, había menos bolígrafos y la maleta de cuero vieja más vacía con cada jornada, como si con la pérdida del auto también hubiesen disminuido sus muchas responsabilidades y preocupaciones. Incluso, regresaba más temprano que antes.

Mi abuelo comentó que en cualquier momento retiraban al Capitán. Y como de costumbre, el viejo no se equivocó. A los pocos meses de enfrentar aquella desvalida situación de un hombre otrora tan poderoso y ahora reducido a la cotidianidad del resto de nosotros, abandonó su antigua rutina de siempre para enclaustrarse definitivamente. El viejo atuendo despareció y ahora solo era posible verlo al rayar la mañana en que salía a buscar el periódico al estanquillo como los demás viejos del barrio, como mi abuelo. El resto de los mandados se los hacía una vez por semana la misma señora de siempre tan envejecida por los años como él. Y a pesar de todo, el hombre seguía renuente al más mínimo contacto con sus vecinos. Como si estuviera por encima de todos, altanero aún en el pozo profundo de su desgracia, como si esa gente común no le importara en lo más mínimo.

Entonces llegaron los apagones. Lo recuerdo por eso y porque todo empezó a cambiar para peor, como la vida del Capitán: la bodega de la cuadra se fue quedando cada vez más vacía. En el puesto de la esquina nunca más vi una manzana y el supermercado del barrio cerró para siempre. Sus carritos metálicos, en los que tanto me gustaba subirme de chiquito cuando mi mamá iba a hacer allí sus compras, los encontramos amontonados al fondo del mercado un día en que fuimos a jugar pelota al amplio espacio donde antes siempre había camiones parqueados o descargando.

43

A mis padres les dieron en su trabajo las dos bicicletas con las que cada día irían y vendrían durante años. Hubo días en que solamente comí sopa de cabezas de pescado y en los que tuve que bañarme únicamente con agua o no bañarme porque no había agua. Entonces la gente se volvió más amargada que el mismo Capitán, casi violenta, y en los días de apagones, cada vez más frecuentes, se sentían botellazos en las esquinas lanzados nadie sabía de dónde.

Una de esas noches de apagón el Capitán salió a la calle con un palo en la mano dando gritos y acusando de gusanos a los que lanzaban botellas como protesta, que si tenían timbales que salieran y no tiraran más botellitas, que él les iba a enseñar a respetar a la Revolución, cojones.

Fue la primera vez que escuché al Capitán decir una mala palabra, o varias. Pero nadie salió, aunque tampoco tiraron más botellas. Pensé que algo de autoridad le quedaba a aquel hombre y un poco de respeto todavía inspiraba. Estaba equivocado.

Una mañana de sábado, en medio de un gentío increíble y tumultuoso, las puertas de una de las casas de la cuadra se abrieron a martillazos desde adentro para dar paso a un espectáculo que para siempre quedará grabado en mi memoria.

Varios hombres cargaban, por el espacio dejado por la puerta, una inmensa balsa hecha de madera, trapos viejos y con tanques plásticos a los lados. La gente aplaudía y los hombres, seguidos de sus mujeres y niños, gritaban que se iban pal carajo, que aquello no había quien lo aguantara. La familia entera de aquella casa y otras de parientes o amigos se habían juntado en la construcción secreta de la embarcación de la que nadie supo hasta ese día. Un camión de algún amigo o vecino esperaba en la calle, y en la parte trasera los hombres montaron la balsa. El camión tenía chapa azul del Estado.

Justo cuando comenzaban a subir la embarcación hacia la cama del camión, el Capitán doblaba por la esquina y venía a pasos apurados, lleno de una energía impensable ya en él, con los ojos rojos, inyectados en sangre.

Cuando terminaban de montar la balsa en el camión y los hombres se viraban, el Capitán llegó hasta donde ellos estaban y comenzó a gritarles que eran unos gusanos de mierda, que seguro ellos mismo eran los hijo'e'putas, contrarrevolucionarios que tiraban botellitas cuando se iba la luz, que eran unos trai-dores, —¡escoria! —. El Capitán gritaba todo aquello mientras miraba a los lados con su mirada de fuego exigiendo el apoyo incondicional que siempre tuvo en los demás. En otros tiempos la gente se habría puesto a gritar con él las mismas cosas o peores, habría tirado piedras, huevos y tomates a los desertores incluso antes de que el Capitán llegara. Pero esta vez permanecieron en silencio, algunos se apartaron. El Capitán enmudeció.

Mirándolos a todos a los ojos, eso sí, sin miedo en la mirada, solo sorpresa y desencanto, casi escupiendo, les gritó que no eran más que una partida de pendejos y que él les enseñaría lo que se hacía con la traición y la contrarrevolución: pararles los pies, gritó y se lanzó a la parte trasera del camión que cargaba la balsa y comenzó a tirar de ella para intentar bajarla.

Al pobre viejo no le dio tiempo ni a dar dos tirones. Uno de los que había subido la balsa al camión, sin camisa y con un torso capaz de ser enumerado hueso a hueso, incluidas todas y cada una de las costillas, lo agarró por el brazo apartándolo del camión y de un empujón lo lanzó dos metros de sí contra el asfalto de la calle. Nadie intervino, nadie dijo nada, y el hombre, mirando a los ojos al viejo derrotado en el suelo y apuntándole con un dedo, como tantas veces el mismo Capitán hiciera en reuniones del comité le advirtió:

—Usted no se meta en esto, no es su problema, yo hago con mi vida lo que me da la gana… en este país de mierda no hay quien viva ya, si usted quiere, quédese aquí, aruñando… yo, me piro, ¿Oká?

Dio la espalda y mientras escupía a un costado masculló entre dientes: —Viejo' e' mierda. —

Los familiares se montaron en el camión a una orden del que parecía el jefe de expedición, el que empujó al Capitán, y el camión echó a andar.

La gente los siguió como si fuera una fiesta, gritando y chiflando. Los muchachos en bicicletas alrededor del camión y creo que hasta había una cámara filmando aquello. En aquellos días a nadie le importaba nada y todos parecían a punto de estallar por la más mínima cosa.

Cuando el camión dobló la esquina, la cuadra se quedó vacía y todavía el Capitán estaba en el suelo, entre incrédulo y decepcionado. Lo ayudé a levantarse.

Por primera vez en mi vida estuve tan cerca de aquel hombre huraño, y lo pude tocar. Sin mucha dificultad, apoyando su mano casi esquelética en mi brazo, logró levantarse. Cuando estuvo de pie, me pasó la mano por el pelo y antes de dar la espalda e irse otra vez a su vieja casa me dijo: —Gracias, muchacho, por ayudar a este "viejo' e' mierda"—.

VII

El día en que entramos por primera vez en la casa del Capitán fue, obviamente, un tiempo antes de lo de la balsa, cuando aún tenía su viejo Lada blanco.

El Loco fue a buscar al Colorao en la cocina que ya había oído el carro también y salimos por donde habíamos entrado: por la puerta de enfrente, haciendo el menor ruido posible. Sabíamos que por ahí iba a entrar, pero igual teníamos que apurarnos.

Sin embargo, no entró por la cocina, como pensábamos. El viejo se perdió entre la maleza frente al auto parqueado y fue directo hacia el fondo. Entonces pensamos que tal vez hubiéramos podido quedarnos un rato adentro antes de que entrara en la casa y así mirar en la planta alta.

De esa duda, la de saber cuánto demoraba el Capitán en entrar a la casona cuando llegaba por las tardes, nació la siguiente fase de vigilancia: la de los techos.

Esta vez la idea fue de Yensi, el Chino, criador de palomas como su hermano mayor, cuyo ejemplo seguía en todo, acostumbrado a andar de tejado en tejado persiguiendo a sus palomas o para llevarse las de otros. Cada vez que andaba encaramado en los techos que no eran los de su casa, los vecinos le gritaban y protestaban provocando en más de una ocasión la pérdida de su presa. Cuando algo así sucedía, el Chino, que fue siempre el más bocón y malhablado del grupo —fue él quien nos enseñó a decir malas palabras y a buscarnos mil problemas por eso— se cagaba en la madre de los vecinos. Mejor dicho, para usar sus propias palabras, se resingaba en el recontracoño de la madre de cualquiera, fuera viejo o joven, hombre o mujer. Luego casi siempre su hermano tenía que sacar la cara por él y obligarlo a pedir, de mala gana, disculpas por algo que de todos modos volvería a hacer con gusto.

Desde los techos vimos como el Capitán cruzaba la selva salía al pedazo de terreno asfaltado que vimos desde la puerta de la cocina de la casa principal. Era el preámbulo que separaba la casa del fondo del resto del terreno. Fue así como confirmamos que el Capitán continuaba viviendo allí y no en la casa grande. Al parecer, se sentía más a gusto en lo que, en definitiva, siempre fue su verdadero hogar.

Seguimos apostados hasta que cayó la noche y con la penumbra otro apagón seguido de los colectivos lamentos y maldiciones de una barriada que no terminaba de acostumbrarse a perderse la novela.

En la casa del Capitán, como en las demás, se encendió el obligado mechón de keroseno destinado a combatir las sombras y las largas horas.

VIII

Ya cuando casi teníamos nuestro plan a punto, y decidido el día en que volveríamos a entrar en la casa grande se rompió el carro del Capitán.

Este cambio nos obligaba a rehacerlo todo. Teníamos que comenzar una nueva ronda de guardias apostados en los techos o en el contén de enfrente de la casa, para volver a medir en horas exactas y tiempos estimados su nueva rutina. Ahí comenzó a complicarse todo porque descubrimos que el hombre podía llegar a cualquier hora. Incluso, a veces, llegaba antes que nosotros de la escuela. Y la verdad es que no sabíamos cómo, sin carro y sin bicicleta en una ciudad en que casi todo el mundo andaba en dos ruedas. Supusimos que quizás por la imposibilidad de montar el nuevo vehículo de moda dada su edad fue que decidieron jubilar al Capitán.

La jubilación empeoró aún más las cosas porque para entonces el hombre no salía más que a buscar el periódico bien temprano en la mañana. Nuestra misión estaba condenada al fracaso y nuestra curiosidad a mil revoluciones por la imposibilidad real de poder satisfacerla. Pero seguimos vigilando, con la guardia en alto, como la frase con la que al Capitán le gustaba cerrar cada reunión del CDR.

Hasta que un día nos envalentonamos, acicateados por las malas palabras —de pendejo pa'alante todo lo imaginable y

49

más— del Chino y las incorregibles ideas del Loco. Andrés, el Colorao, cansado de los insultos, desertó, no sin antes mandar sonoramente, pa' la pinga al Chino y toda su generación, como él mismo le había enseñado. Ahí se agarraron a piñazos.

En tales circunstancias desintegradoras estábamos cuando algo, en la podrida costumbre maníaca del Capitán, nos llamó la atención, obligándonos a tomar, de nuevo, la iniciativa.

IX

La rutina de jubilado del Capitán comenzó un verano en que por supuesto estábamos de vacaciones. Por eso teníamos más tiempo para armar nuevas estrategias de vigilancia y hasta fajarnos entre nosotros mismos.

En sus nuevas circunstancias el Capitán descubrió algo de lo que no tenía la más mínima idea porque nunca estaba allí durante el día. Y era que, desde la media mañana y el mediodía, sonaba una música por todas partes que perturbaba de mala manera el ánimo del Capitán mucho más que antes el rock. Yo nunca lo entendí ni supe por qué, pero así era. Se trataba de una emisora radial que años antes se oía —quienes se atrevían a hacerlo— bien bajito en la intimidad del hogar y clandestinamente. Incluso supe que hubo hasta quien cayó preso por escucharla.

Ya para entonces, en el apogeo del hambre, los apagones y los balseros se podía oír a toda voz cual si fuera el nuevo himno nacional. Yo casi podía tararear en aquellos días ese tema de presentación que tanto disgustaba al Capitán. Se oía por todas partes esa musiquita. La gente le decía radio Apóstol con una sonrisa pícara en los labios que yo tampoco entendía. Una vez en que le dije ese nombre mi abuelo me regañó fuerte y me dijo que mejor no lo repitiera más, que mi gracia podía traerles problemas a mis padres y que aquel no era ni siquiera el nombre verdadero sino solo para barajar, dijo.

Lo cierto es que en cuanto sonaba el intro y se anunciaba el nombre del programa el Capitán salía como una exhalación para la calle casi echando espuma por la boca, gritando al viento sordo las mismas palabras de siempre: gusanos, escoria, contrarrevolucionarios, lumpen y otras más. Pero como con las botellas, no podía hacer más que gritar como un poseso. La gente incluso —luego del incidente con los balseros— se reía a sus espaldas y lo tildaban de loco.

Así fue como vi y aprendí, por primera vez en la vida, que el miedo que ciertas personas pueden llegar a inspirar en los demás, jamás es eterno y que hasta el hombre más poderoso del mundo puede terminar en el más completo ridículo un día, en la picota pública del escarnio, humillado, burlado e ignorado por los mismos que una vez tanto le temieron.

X

Después de tanta vigilancia inmisericorde, casi sin darnos cuenta, podíamos predecir cada paso del Capitán a cada hora del día. La noche, sin embargo, era un misterio. Los apagones y la cerrada oscuridad que estos imponían por todas partes impedían una continuidad eficiente del escrutinio.

No fue sino hasta la noche en que la bronca entre el Chino y el Colorao en la azotea nos demoró el descenso que descubrimos que el Capitán salía de la casa del fondo con un mechón en una mano. En la otra llevaba una bandeja tapada y se adentraba por los matorrales aledaños a paso lento, para dirigirse a la mansión a la que entraba por la puerta trasera, la de la cocina, que nosotros ya conocíamos bien.

Ya sin el Colorao en el equipo, vigilamos un par de días más hasta descubrir que siempre, sobre la misma hora, alrededor de las nueve, el hombre salía hacia la casona. A qué horas exactas regresaba o si no lo hacía no pudimos precisarlo. Aquello demandaría toda una noche de vigilia y eso nos podía meter en problemas con nuestros padres, en especial porque en cuanto caía el apagón las madres salían a la calle dando voces para que nos recluyéramos en nuestros hogares, o al menos jugáramos delante de los mismos, ante sus miradas.

No quedaba otro remedio que averiguar a qué iba el Capitán a la casa grande con una bandeja en la mano.

53

Una noche, en lugar de apostarnos en la azotea, nos metimos entre los matorrales del antiguo jardín a esperar a que pasara, confiando en que la oscuridad lograría hacernos pasar desapercibidos para el viejo. No llevábamos mucho tiempo escondidos en la maleza cuando salió el Capitán, con su mechón en la mano y se abrió paso por el mínimo espacio libre que la espesura dejaba como un camino. Pasó muy cerca de nosotros, pero nos quedamos quietos y él ni siquiera imaginó que estábamos allí.

En cuanto entró por la puerta de la cocina para perderse en la casona salimos de nuestro escondite. Corrimos hasta llegar a la pared junto a la puerta de la cocina y nos agachamos entre unas plantas casi de nuestra altura. Esperamos allí algunos minutos hasta no escuchar más los pasos del Capitán dentro de la casa. Entonces empujamos la hoja de la puerta para introducirnos, reptando casi y de uno en uno, en la solitaria cocina. Cerramos la puerta tras nuestro, sin ruido.

Esperamos un rato, casi eterno, acurrucados en la oscuridad, mudos, tratando de desentrañar algún ruido de la casa más allá de las paredes de la cocina y de pronto, en medio del silencio absoluto de otro apagón inmisericorde, sonó el piano.

Era una melodía triste, agonizante, a tono con el espíritu abandonado de aquella casa, que con mil ecos y resonancias se amplificó por todas partes llegando a nosotros como si la estuvieran tocando a nuestro lado. Nos erguimos, ya sin temor, y avanzamos, arrastrados por aquella música que lo mismo sonaba melancólica por momentos que se encrespaba de repente con furia y pasión. Jamás habíamos oído algo igual.

Al llegar al inmenso comedor que seguía justo a continuación de la cocina nos agachamos otra vez y a rastras nos ocultamos bajo la mesa. Levantando un poco las sábanas que la cubrían. Apenas asomados, vimos la puerta de dos hojas que daba al gran salón, semiabierta, pero desde aquel ángulo y por la mínima rendija que quedaba entre una hoja y otra no conseguíamos ver el piano y tampoco podíamos arriesgarnos a asomarnos al salón en el que la trémula luz del mechón del Capitán alumbraba las teclas del piano.

Mil veces imaginamos encontrar cualquier cosa allá adentro menos un viejo señor de malos modales y peor humor sentado tocando aquella increíble música en plena oscuridad y sin que nadie en el barrio lo supiera. Aquello no encajaba en la imagen que teníamos de él. De pronto, la tranquila música que sonaba, como el acompañamiento de un bolero, se convirtió en un tumbao de son que era a la vez como de rumba, divertido, más increíble e insospechado aún que lo anterior, para descender otra vez hacia la insondable tristeza del principio y apagarse en una última nota aguda, definitiva y solitaria como su autor.

El silencio y nuestra perplejidad se dieron la mano por unos minutos de incredulidad que parecieron siglos antes de despertar de ese letargo por la voz del mismísimo Capitán. El Capitán hablaba, pero ¿con quién?, ¿solo, acaso?, ¿la soledad lo había trastornado tanto como para esto?

Las preguntas no hallaron respuesta y menos aún pudimos pensar en ellas porque a los pocos minutos la hasta entonces lejana luz del mechón comenzaba a acercarse peligrosamente hacia donde estábamos. Bajamos la sábana que tapaba la mesa mientras veíamos la luz avanzar. Iba en silencio y solo. Cuando el paso mortecino del mechón nos dejó otra vez en la oscuridad decidimos alzar la sábana para percatarnos de que la luz se alejaba escaleras arriba.

55

No tuvimos ni que ponernos de acuerdo, al parecer el entrenamiento adquirido en tantos días de vigilancia nos hizo arrastrarnos al unísono y sin el menor ruido por todo el suelo del comedor y luego de la gigantesca sala hacia el comienzo de las escaleras. La luz del mechón se alejaba ya casi al final de los escalones en curvatura ascendente. Todavía a rastras avanzamos con lentitud hacia arriba. Paso a paso. Cuidándonos del más mínimo ruido en un ambiente mordido a perpetuidad por el silencio únicamente roto por la presencia de estos intrusos y las teclas de un melancólico piano.

Llegar arriba fue un paso de avance en nuestra aventura, sin dudas, porque era el único territorio de la casa vedado para nosotros hasta el momento. Por eso, al llegar al último rellano, tuvimos que hacer una pausa para orientarnos. La oscuridad había dejado de ser un problema: nuestros ojos ya estaban de sobra adaptados a la penumbra. Incluso, me atrevería a afirmar que los largos años de apagones crearían una mutación de nuestras retinas con la persistencia de las sombras acostumbrándonos a ver sin ver, o a ver a pesar de todo.

En ese punto, nuestro único faro para hallar el paradero del Capitán era la luz del mechón que ya se perdía en el interior de una habitación al final del largo corredor que daba comienzo precisamente donde terminaba la escalinata. Seguimos a rastras y sin pronunciar palabra, sin emitir sonido, ni siquiera el de la ropa contra el suelo. Casi levitábamos con la ansiedad. La curiosidad nos puso en el umbral de la puerta de la habitación en cuestión de segundos. Cuatro indiscretas cabezas asomándose a un mundo y una vida imposible, oculta, inimaginable.

Al otro lado de la puerta seguía la oscuridad, no había nadie. Hubiéramos jurado que fue allí donde la luz estuvo. La vimos, lo juro. Escuchamos al Capitán hablar de nuevo como si estuviera a nuestro lado. Y la luz regresó, venía de otra parte dentro de la habitación, ganando terreno contra la negrura. Ya para entonces sabíamos que esa luz no nos alcanzaría, así que permanecimos allí, sin respirar.

La luz del mechón venía en las manos de un hombre más flaco, viejo y consumido por la vida que el propio Capitán, si es que eso era posible. Era más liviano que el humo o que un niño como nosotros, o debía serlo porque el Capitán lo traía cargado en sus brazos. Fue entonces, cuando la tintineante claridad del mechón alumbró a medias la cama en el centro del cuarto, que vimos a un lado una silla con ruedas. El Capitán lo acomodó en la cama y pusieron la luz en una mesa de noche a su lado.

—Lo que tocaste hoy me conmovió de verdad, me recordó los viejos tiempos en que éramos los reyes de la noche.

—¿Te acuerdas todavía?

—Por supuesto, ¿cómo olvidarlo?

—Y yo era el rey del piano en la madrugada, ¿eh?

—Sí y lo mejor, los profesionales tenían que cedértelo sin chistar porque sabían que eras mejor que ellos, que podías ganarte la vida tocando el piano en cualquiera de aquellos antros.

—Por eso me dejaban, porque sabían que lo hacía por placer y no por trabajo, que no era competencia para ellos.

—Lo hubieras sido, si hubieses querido.

—Sí, tal vez… pero esos son solo recuerdos, tiempos que ya no volverán, se jodieron aquel día de mierda para dejarme así para siempre.

—Bueno, no pienses en eso ahora, es muy tarde ya para lamentarte, ¿no crees?

—Sí, demasiado…

Hubo un silencio mientras el Capitán, hasta entonces de pie, se sentó al borde de la cama. Comenzó a acomodarle las sábanas y el otro lo interrumpió para decirle algo que nos puso los pelos de punta.

—Tienes que revisar la puerta de la entrada, los muchachos de la cuadra entraron a la casa hace un tiempo y no sé si cierra bien.

—¿Cómo? ¿cómo? ¿Qué muchachos? ¿Por qué no me lo dijiste antes?

—Por eso mismo, porque sabía cómo te ibas a poner.

—¿Y cómo me pongo?

—Así, como estás ahora, igual que siempre…

—Pero ¿quiénes fueron?, dime, carajo, que los pelo bajito…

Nosotros en el suelo, como ratas, sudábamos frío.

—Deja eso, coño, ¿ves? A veces es mejor no decirte nada.

—Está bien, está bien, ¿pero y tú cómo lo sabes? No me digas que te vieron.

—No, no, yo estaba aquí arriba como siempre, pero me di cuenta por el tirón de la puerta y porque sonó el piano.

Todos miramos a el Loco, como fulminándolo. Él no hizo nada más que bajar la cabeza, avergonzado.

—Pero ¿quiénes fueron los zarrapastrosos que se atrevieron a tocar tu piano?

—Y yo qué sé, coño, talmente parece que tú nunca fuiste niño, olvídate de eso, no vale la pena. ¿No te parece que ya te has buscado bastantes problemas con la gente de este barrio y que estás muy viejo ya pa' andar cogiendo esas luchas?

—Partida de malagradecidos es lo que son todos.

—Bueno ya, tranquilo, arregla la puerta y no protestes más, cojones.

El Capitán se quedó callado por un momento.

—Está bien, mañana le echo un vistazo… buenas noches… —el Capitán se inclinó sobre el tullido y le estampó un beso sonoro en los labios mientras el otro alzaba una mano esquelética que le acariciaba el cabello ralo en el cogote.

—Buenas noches —respondió cuando el beso llegó a su fin.

El Capitán agarró el mechón de la mesita de noche y comenzó a avanzar hacia la puerta y nosotros a retirarnos como majases, hacia atrás.

Casi a punto de salir el Capitán, la voz comentó.

—Hoy me llamó Marta.

El Capitán se volteó.

—¿Sí? ¿Qué cuenta? ¿Cómo le va la vida? ¿Y los hijos? ¿Y el marido?

—Todos bien… hoy era aniversario de la muerte de papá… ella estaba muy triste.

—¡Ah! ahora entiendo esa música de hoy y sobre todo cómo la cortaste al final tratando de apagar la tristeza con el tumbao, como el de Frank Emilio.

El Capitán dio un par de pasos, haciendo ademán de regresar junto al otro.

—¿Cómo te sientes?

—Como la mierda, ¿cómo coño me voy a sentir?

Hubo una pausa incómoda.

—¿Alguna vez has pensado que debiste haberte ido con ellos?

—Muchas… sobre todo cuando en días como hoy pienso que no pude estar con mi padre el día que murió y además porque tal vez así no hubieras tenido que sacrificar tu vida por cuidarme.

—Deja eso, tú sabes que no hubiera podido vivir ninguna vida sin ti.

—Lo sé, yo tampoco, pero no es fácil.

El Capitán estuvo a punto de desandar todo el camino cuando comenzaron a escucharse los apagados sollozos del otro hombre, pero indeciso, a medio camino, escogió la despedida.

—Buenas noches, Julián.

—Buenas noches, Jacinto.

Juguetes nuevos

I

Aquel día, mientras regresaba de la escuela, con la camisa por fuera y la pañoleta con el nudo chiquito que le molesta a la maestra, no imaginaba que sería el último. Lo que sí me imaginé en cuanto vi de lejos mi casa fue que este era, al fin, el día de los juguetes, los chicles, los roboses y los caramelos que tanto tiempo llevaban prometiéndome mis padres. También supe que mi mamá iba a armar un escándalo cuando viese el churre en mis pantalones y en la espalda de la camisa de haber estado casi todo el día en el patio. Y entonces podrían echarse a perder los regalos. Juguetes con el brillo de las cosas nuevas y el olor a caramelos y chicles de fruta por toda la casa.

Algo adornaba la fachada de la casa y pensé que lo habían hecho mis padres para darme la sorpresa. Me acerqué corriendo y pude ver que, además de aquellos colores rojos y amarillos que manchaban sin orden la pared, había palabras escritas con pintura. Supuse alguna fiesta con piñata de la que caerían infinidad de dulces y chicles. Muchos chicles.

Me detuve un momento para leer las palabras que habían pintado en la pared y sobre la puerta de entrada. Me encantan las sorpresas. Pero como solo estaba en primer grado, no me dio tiempo a leerlo todo antes de que saliera mi mamá despeinada y con una cara que no le había visto nunca. Pensé entonces que la bronca por mi ropa sucia iba a ser histórica, de las que llevan pescozones y todo. Por eso me dispuse enseguida a dar excusas.

A punto estaba de abrir la boca para echarle la culpa a Gerardo, Yoandri u otro de la escuela por empujarme al suelo o algo que ya se me ocurriría, sin embargo, mi mamá no me dejó ni empezar y agarrándome por el brazo con una fuerza que jamás sentí en sus manos, me metió dentro de la casa y sin fijarse en mi desaliño solo me dijo que fuera a quitarme la ropa, me metiera en el baño y que no abriera ni una ventana.

Todo estaba cerrado. Solo en ese momento me di cuenta de la oscuridad que había dentro. En la cocina, al fondo, sentados alrededor de la mesa, estaban mis abuelos con mi papá y mi tío Obdulio, hermano suyo. Era raro que los abuelos estuvieran en la casa un día entre semana y a esa hora. Y más raro aun, que mi papá hubiera llegado del trabajo tan temprano. Que mi tío Obdulio estuviera no lo era tanto porque él venía todos los días, a la hora del café en la tarde. Como vivía cerca.

Conversaban un poco alterados, pero se callaron en cuanto me vieron. Mi abuelo me revolvió el pelo luego de darme un beso como hacía siempre. Mi abuela y mi papá también me besaron, aunque me soltaron más pronto que de costumbre. Mi tío Obdulio se levantó de su silla y me cargó hasta el techo y luego me puso de nuevo en el suelo con un beso mientras mi mamá llegaba desde la sala. Todos pusieron cara de contentos y yo creí que en ese instante me darían la sorpresa de los juguetes, los chicles y caramelos. Pero nada.

—Quítate la ropa y directo y sin escala para el baño —. Mi mamá con su frase de siempre.

—¡Y no abras ninguna puerta ni ventana!

Fue entonces que comencé a sospechar que algo extraño estaba sucediendo. Lo más insólito no era tanto la presencia de todos en la cocina a aquella hora, ni siquiera sus caras de preocupación y su cuchicheo, sino el hecho de que mi mamá no hubiese dicho nada de la suciedad que llevaba yo encima. Y como no se puede tentar demasiado tiempo la suerte sin terminar por agotarla, preferí irme al baño antes de que empezara la misma cantaleta de siempre.

II

Ya casi acababa de bañarme cuando comenzaron los gritos afuera. Como el baño está al fondo y las voces venían del frente de la casa, yo no entendía muy bien lo que decían, pero si sentí la voz de mi tío Obdulio gritando en la cocina… y mi tío jamás alzaba la voz. Terminé lo más rápido que pude, me vestí y corrí a la cocina a ver qué sucedía.

Al llegar, vi que mi papá y mi abuelo agarraban a mi tío por los brazos para impedirle ir a algún lado. Sin embargo, al verme, se tranquilizó y se sentó de nuevo, en silencio.

—Papi, ¿hoy llegan los juguetes y los caramelos y los chicles? ¿Los trajeron esos que gritan afuera? —

Una risa general, que me dejó más intrigado todavía, cambió por un momento las caras de todos los presentes. Recordé entonces las palabras de otra de mis tías, una hermana del abuelo, que cada vez que venía de visita –nunca entendí muy bien de donde, algo de una comunidad o que se yo– me preguntaba lo mismo: "¿A ti te gustan los chicles y los caramelos?, ¿y los tenis y los pulóveres?, ¿y los juguetes nuevos?". Yo le respondía que sí a cada pregunta, y enseguida ella me decía: "Entonces tú no eres comunista". Y todos los mayores se reían a carcajadas sin que yo entendiera nada.

O como cuando se sentaban a oír en casa de tío Obdulio, bien bajito el volumen, con mucho misterio, en unos casetes que la tía les regalaba, aquellos chistes de un señor muy mal hablado.

También se reían mucho mis padres con aquello que yo preguntaba cuando ellos me hablaban de los juguetes nuevos y los chicles: "¿Y van a ser muchos o solo los que dice el cupón?". Ellos se reían y decían que iban a ser todos los que se pudiera, aunque más que los del cupón. Esa respuesta me gustaba, pero seguía sin entender por qué se reían de mis preguntas siempre.

Las risas cesaron y mi papá me dijo:

—No, pipo, hoy no, a lo mejor mañana o pasado tendrás todo eso. Te lo prometo. Ahora ve a tu cuarto para que hagas la tarea… ¡Anda!

Y ahí quedó todo. Sabía que cuando los mayores te mandaban a tu cuarto es porque no querían que uno oyera lo que hablaban. La excusa de la tarea fue el mejor indicio para saberlo, porque mi papá sabía que yo siempre jugaba primero en la calle y la tarea la hacía después. Así que me atreví a preguntarle:

—¿Papi, y no puedo jugar en la calle un rato?

Todos los mayores dieron un "No" por respuesta, a coro, que me asustó. Ahí fue que supe que lo que estaba pasando, además de extraño, no era muy bueno tampoco. Y aunque seguía sin entender y nadie me explicaba nada, me fui a mi cuarto al ver que mi mamá lo repetía. Pero ¿quién podría hacer la tarea con semejante escándalo afuera?

Cerré la puerta de mi cuarto, que está también al fondo de la casa, y en lugar de hacer la tarea me puse a escuchar, con la oreja pegada a la puerta, a ver si me enteraba de algo. La gritería de la calle no me dejó oír nada de lo que se hablaba en la cocina, así que preferí escuchar lo de afuera a ver de qué iba la cosa.

Eran unos cuantos los gritones. Una bulla en la que no podían definirse bien las palabras. Entonces me percaté de que al mismo tiempo sonaban unos golpes, contra las paredes de la casa o alguna otra de ahí cerca. En realidad, se sentía como si tiraran cosas contra un muro. Solo podía entenderse algo si gritaban a coro. Me recordaron las consignas de los primeros de mayo, en que mi papá me llevaba cargado en los hombros por la plaza. Pero las palabras que gritaban afuera yo no las conocía o quizás era que estaban muy lejos. Qué sé yo.

Por un momento pensé que era conmigo, como en un sueño, como si se hubiesen puesto de acuerdo con mi mamá, me gritaban: "¡Estudia! ¡Estudia!". En ocasiones, me sonaban más a aquello que decía los domingos por la mañana si yo llegaba sudado de la calle y quería pasar a tomar agua. Ella gritaba desde el pasillo: "¡Escoba! ¡Escoba!", para hacerme entender que estaba limpiando la casa y no quería a nadie en el medio. Pero no, no podía ser eso.

Cuando me cansé de estar encerrado en el cuarto sin nada que hacer, abrí la puerta, suavecito para que no se dieran cuenta los de la cocina, y salí al pasillo, con pisadas suaves, a ver si me podía escapar por el patio como hacía los sábados si mi mamá me castigaba por algo el viernes. Cogí el pasillo hacia atrás, mirando por encima del hombro para ver si alguien en la cocina se daba cuenta de mi fuga. Allí seguían, entre gritos casi tan incomprensibles como los de afuera. Todos estaban como locos ese día.

Al llegar a la puerta del patio descubrí que estaba cerrada, con la tranca puesta por dentro como cuando mi papá la ponía de noche a la hora de dormir. Fue entonces que escuché otra frase gritada por mi tío Obdulio que sí entendí palabra por palabra, porque eran de las que decíamos en la escuela y a mí me gustaban, aunque a mi mamá no:

—Tá bueno ya de tanta jodienda, ya estos hijo'e'putas ya me tienen empinga'o.

Mi papá y el abuelo no pudieron aguantarlo. Salió corriendo hacia la puerta de la calle y el abuelo, a quien aguantaba ahora era a mi papá.

—Déjalo, déjalo, tú sabes cómo es Obdulio… tú eres el que no te puedes complicar ahora mijo.

El tío Obdulio abrió la puerta y cogió la tranca con que mi papá la cerraba por dentro. Tiró la puerta antes de salir.

Mi casa era un largo pasillo hasta el fondo. Yo, escondido en lo oscuro del final, podía ver a la perfección todo lo que sucediera en la cocina y hasta la puerta a la calle, alineada de frente con la del patio que no pude abrir. Mi mamá las abría las dos si quería que corriera fresco por la casa, o eso decía.

Mi papá y mi abuelo se sentaron de nuevo a la mesa. La abuela le ponía la mano en la cabeza a mi papá que la tenía baja y agarrada con las manos.

—Esto es culpa mía… es mi culpa. —repetía

Los abuelos trataban de convencerlo de lo contrario con palabras que yo no podía escuchar.

Afuera aumento el escándalo luego de la salida del tío Obdulio. En la cocina, mis padres y los abuelos voltearon sus caras hacia la entrada en silencio. Estuvieron así un rato, como queriendo escuchar. Afuera se oían malas palabras y ruidos de golpes, como cuando hay bronca en el solar de enfrente. Mi papá se levantó de pronto con intenciones de salir también.

—¡Ni te atrevas! Óyeme bien: si sales, atrás salgo yo, ¿me oíste?… Piensa en tu hijo … piensa en él… por favor te lo pido —lo detuvo mi mamá con una fuerza en la voz con la que solo la había oído regañarme a mí.

Fue entonces que salí de mi rincón.

—¿Por qué hay que pensar en mí? ¿Adónde fue el tío Obdulio y por qué no vira? ¿Por qué se llevó la tranca de la puerta?

Otra vez el silencio como respuesta. Todos me miraban con cara de reprobación y yo veía las expresiones reacomodarse en sus caras, así que opté por adelantarme a lo inevitable.

—Ya sé, ya sé… que me vaya a mi cuarto, ¿no? —me atreví.

Mi mamá me miraba con los ojos muy abiertos, esos que ella ponía al regañarme, sin hablar, y asintió. Mi papá volvió a sentarse junto con los abuelos y yo me hice el que me iba al cuarto hasta que me di cuenta de que no estaban ya pendientes de mi sino de la puerta de la entrada y el ruido afuera otra vez.

Sentí que detrás de ese pedazo de madera estaba la respuesta a tanto misterio. Así que corrí con todas mis fuerzas hacia allá. Pasé a toda velocidad por la cocina sin que nadie me detuviese. Para cuando pudieron reaccionar yo ya abría la puerta de la calle y salía a la luz exterior que me cegó por un momento.

III

Al recobrar otra vez la visión noté que todos los vecinos, hasta los del solar, estaban allí, en el medio de la calle, frente a mi casa, en una muy concurrida concentración, y con unas caras de pocos amigos. Llevaban huevos, tomates y otras viandas en las manos, pero todos se quedaron en silencio de pronto. Me miraban callados, como los de adentro.

En la acera de enfrente había un pedazo de sábana como las de los días de marcha en la plaza, agarrada con dos palos en las puntas que llevaban los padres de Yoandri y Gerardo. En el pedazo de tela blanca estaba la misma palabra que estaba pintada en la puerta y la pared de mi casa cuando llegué de la escuela. Tampoco esa vez pude leerla.

En la esquina, montaban a mi tío Obdulio en una patrulla. Allí estaba el jefe de la policía, y el jefe de sector del barrio en persona.

—¡Tío! —grité muy asustado. Él volteó la cabeza con una sonrisa. Llevaba el rostro rojo y amoratado. En el instante en que me disponía a correr hacia él me alzaron por el aire.

Vi alejarse el asfalto ante mis ojos y dar vueltas al cielo. Mi barriga calló apoyada sobre el hombro de alguien, con la cabeza colgando hacia la puerta de la casa que anunciaba, entre las sombras del pasillo, los cuerpos de mi mamá y los abuelos. Solo cuando sentí la voz supe que era mi papá quien me cargaba.

—¡Ya tienen lo que querían, ¿no?! ¡La desgracia de una familia —gritó mi papa señalando la patrulla en la esquina en la que se llevaban a su hermano—, ¿ya tienen suficiente o también quieren a mi hijo?

Nadie hablaba.

—¡Dime Gerardo!... ¡Dime, coño!...

Gritaba de una acera a la otra al padre de mi amigo Gerardo que agarraba el cartel con la palabra misteriosa.

—¡¿Les entrego a mi hijo o ya tienen bastante con mi hermano Obdulio?!... si lo quieren, aquí está... se los entrego como un saco de papa, a ver si quieren tirarlo también contra la pared... ¡Coño parece mentira!

Nadie respondió. A lo lejos sentí el carro de policía que salía a toda velocidad. Mi padre se quedó allí un rato, de pie.

Como nadie dijo nada se viró y entró en la casa. Mientras giraba y mi cabeza apuntaba a la gente reunida frente a mi casa, me dio tiempo finalmente leer la palabra antes de que recogieran el cartel y todos se marcharan.

En letras rojas, muy grandes y todas en mayúsculas decía: ESCORIA.

El expediente

*A la memoria del "Chino" Heras León,
porque gracias a su taller existe esta historia,
porque como él dijera entonces, "estos son mis temas".
Descanse en paz Maestro.*

*Y por supuesto, a los muchachos de mi curso, la graduación del 2012,
porque también ellos hicieron posible esta versión.*

I

—*Bueno, ¡allá vamos!* —pensó. Las manos le temblaban, agarradas con fuerza al timón. Estaba justo en la entrada de la empresa, en su auto. No era nuevo, ni suyo, era el que le habían asignado años atrás. Pero, por primera vez en su vida tenía uno luego de tanto arreglar los de otros. Aunque tampoco fueran de ellos.

La noche anterior no pudo dormir. Era un manojo de nervios. Esta vez le asignaron una oficina, con aire acondicionado y todo. Increíble… —*Después de tanto vagar, luego de tantos palos que te dio la vida.*

El carro era lo de menos, hacía tiempo que lo tenía. Décadas atrás, al graduarse, soñó con un despacho así. Ahora llegaba un poco tarde: había dejado de ser parte de sus proyectos profesionales. De hecho, ya no sabía bien cómo entenderse con los papeles. Esa era la parte más preocupante del nuevo cargo. —*Las piezas, los motores, las tuercas y tornillos, la grasa, siempre la grasa, todo eso es* fácil ya a es*tas alturas*— Pero los papeles le aterraban.

Desde que lo hicieron jefe de taller tenía que asistir a los consejos de dirección. Sin embargo, a diferencia de otros, su trabajo lo llevaba en la cabeza: no necesitaba un solo papel para rendir cuentas ante nadie. Por eso los burócratas del consejo se lo perdonaban. Además, en un taller, el jefe de esa actividad es el tipo más importante. Eso y que era el más idóneo y experimentado para su puesto. Los demás lo sabían de sobra. Tal vez mejor que él. Por eso lo mimaban. También se hizo querer por la gente, subordinados suyos o no: mecánicos, cocineras, limpia pisos, contadores, choferes. Hasta los de la empresa de más arriba y los de la Unión en La Habana le reconocían como uno de los más capaces entre los jefes de taller.

Pero precisamente ese innato "don de gentes" lo acababa de condenar al suplicio del trabajo en oficinas. —*Ahora que estoy viejo y que no puedo hacer las cosas como antes...*— ahora que había una "nueva cantera" que él mismo se había dedicado a formar con los años, era la oportunidad para esos jóvenes como para él alguna vez lo fue. Era el momento de desempeñar responsabilidades mayores y dejarse llevar por su mayor aptitud: la entrega desinteresada a los demás.

Eso fue lo que dijeron en el consejo de dirección, porque esta vez el ascenso no fue propuesto en asamblea de trabajadores, sino a puerta cerrada. —*Sí, como una emboscada, para que no pudiera decir que no, para que, una vez más, tuviera que dar el paso al frente*—. A ello se añadía una preocupación, una ligera sospecha: que el segundo jefe de taller le hubiese serruchado el piso sin que él lo supiera.

Nunca tuvo capacidad ni talento para las intrigas laborales, tal vez por eso le costó tanto ascender. No obstante, había una razón más obvia: no había director de recursos humanos desde hacía dos meses, cuando murió el anterior. Y él era el indicado. Conocía a todo el mundo y todos le conocían y respetaban. ¿Quién mejor? La forma en que quedó vacante el puesto indicaba que, a todas luces, aquel era un cargo para viejos o para esperar la jubilación… incluso la muerte… —*Pero si miramos el lado bueno, estaré más tranquilo*— y lo ponían más cómodo —*eso es que por lo menos me respetan un poco*— además le dejaron el carro. También estaba el conveniente hecho de que, con aquel ascenso, ya no habría nadie que le hiciera sombra al director. Se acababa así aquello de un jefe de taller más importante que el primer hombre de la empresa. El segundo jefe de taller, su sustituto, era bueno, capaz, aunque no tanto como él —*esa es la verdad, ¿para qué negarlo con falsas modestias?*

La reja se abrió, con el típico chirrido de las cosas viejas —*como yo*— y enmohecidas con los años. Al ver la entrada despejada le dieron ganas de acelerar y entrar a toda velocidad, pero se contuvo. Debía aparentar tranquilidad, todo debía ser como de costumbre, para no levantar sospechas innecesarias.

Cruzó y se detuvo en la garita de la entrada, como cada mañana. Allí estaba Vivencio, el portero, con la tasa de café de siempre y el saludo cordial y respetuoso.

—¿Qué cuenta el nuevo jefe? —había confianza entre ellos, por eso quizás se permitió la broma y la sonrisa cómplice.

—Aquí, mi hermano, en la luchita, tú sabes… La verdad es que me siento un poco raro con esta camisita de cuadros, es como si estuviera disfrazado, pero ¿qué se le va a hacer? Hay que echar pa'alante.

—Tranquilo, jefe, todo va a salir bien, seguro, ¿qué pasa?

—Sí, seguro, seguro…

Dio un sorbo rápido al café, devolvió la tasa al celador y se despidió con una inclinación de cabeza. Su plan no iba a salir bien. Lo supo enseguida. Dado su carisma le resultaría imposible llegar a la oficina nueva a la velocidad que hubiera querido. Primero tenía que saludar. Así que lo fue tomando con calma. Pero era difícil. Y lo sería aún más.

II

Parqueó y apagó el motor del auto. El taller quedaba justo enfrente y allí estaban sus antiguos trabajadores, sus hombres, su gente. Lo miraban, entre risitas. Bajó del auto y ahí mismo comenzaron los silbidos. No le quedó más remedio que sonreír y mirarse de arriba abajo: el nuevo atuendo lo delataba. Se encaminó al taller para que los muchachos le palmearan la espalda y lo felicitaran. Todos sabían. Cosas más simples se regaban como pólvora por toda la instalación en cuestión de minutos, así que cómo no esperar que supieran del ascenso.

Llegó a la altura de los hombres y el primero en hablar fue Arturo, el mejor de los mecánicos después de él mismo. Su mejor discípulo, el único con la verdadera calidad y conocimientos para reemplazarlo en su puesto. Pero claro, lo de siempre, era joven todavía, "inmaduro" y lo más importante no era un "cuadro". Los conocimientos y la experiencia no contaban en esos casos.

—¿Y entonces qué, jefe? ¿Listo pa' la oficina nueva? —los demás rieron con ganas y él con ellos.

¿Qué se le iba a hacer? De sobra sabía que aquella pulcritud en las manos lo hacía lucir ridículo a ojos de sus hombres, acostumbrados a verlo con manchas de grasa y mugre desde la primera hora del día. Eso, y su eterno overol, formaban parte de su identidad verdadera, y no aquel disfraz de dirigente tardío.

—No mucho la verdad, muchachos, díganme ¿qué me voy a hacer yo sin un poco de churre que limpiarme de las manos con mis trapos sucios antes de irme a almorzar?

Así era él, de verdad, un tipo sencillo, natural, habituado ya a las cosas simples de la vida, al trabajo duro.

Los demás rieron, compresivos. —*¿Algo de lástima quizás?* —Trató de apartar ese pensamiento, aunque en ese instante, por primera vez en la vida, se sintió viejo. Y lo peor, creyó que los demás pensaban lo mismo. Se sintió listo para la jubilación. Así que prefirió olvidarlo todo con otra broma.

—¿Y tú, Arturito, ¿qué te vas a hacer sin mí ahora cuando te llegue un motor casi fundío? —nuevas risas.

—Meter el grito en el cielo y llamarlo a la oficina, jefe, pa' que venga pa' acá a resolver como siempre ¿qué voy a hacer? —las carcajadas se expandieron.

—Y yo vengo, hermano, seguro que vengo.

Les dio la mano uno a uno. Apretones duros, manos encallecidas, de hombres trabajadores, como debe ser. En cada mirada leyó una despedida a medias. Del encuentro salió peor parado de lo que imaginaba. Casi le habían hecho olvidar su objetivo número uno de aquel día. Más bien su objetivo de años.

Aún quedaban otras paradas: tenía que pasar por el comedor y la cocina a saludar antes de entrar por la puerta de la empresa, al vestíbulo, hacia las oficinas. Claro que antes no llegaba hasta allá. Hasta entonces solo entraba a la empresa si lo llamaban los jefes a las oficinas. Si algo le enseñó pronto la vida a fuerza de trastazos fue a saber cuál era su lugar.

Unos pasos más y antes de cruzar el umbral del comedor volteó un instante hacia su taller. Sus hombres estaban ya en sus faenas, y no notaron su larga mirada, ni el profundo suspiro. De sobra sabía que jamás podría sentirse del todo a gusto en la nueva oficina, sin piezas por todas partes. Todo iba a ser demasiado limpio. No lo postergó más, estaba apurado y ya había perdido demasiado tiempo. Entró al comedor.

Las tías lo recibieron con el cariño de siempre. En nada cambiaban las cosas con él a pesar del nuevo cargo porque él seguía siendo el mismo. Lo supieron desde el día en que lo hicieron jefe de taller. Pero ahí estaba con nueva investidura y el mismo vaso de leche que ellas le guardaban cada mañana cuando entraba a saludarlas. Esta vez no hubo bromas ni comentarios, pero en sus miradas leyó su apoyo. Luego de tomarse su leche se despidió y salió a toda prisa. Tenía que acabar de llegar a la oficina. Allí estaba, sin dudas, la respuesta a todo. La solución a todos los enigmas de su vida.

Cruzó el espacio que lo separaba de la entrada principal del edificio: la de las oficinas administrativas. A pesar de las prisas observó una vez más el cartel de la entrada con el nombre de la Unión. —*¡La Unión!*— Después de tantos tumbos de aquí para allá, de una empresa a otra, al fin, un día, llegó a la Unión. Lo aceptaron de inmediato porque hacía mucha falta en el taller. Y en dos meses había demostrado no solo que estaba apto para el puesto, sino que además contaba con unas condiciones excepcionales para el mismo.

Todo iba a pedir de boca hasta que llegó el maldito file amarillento y ajado. —*Entonces todo empezó a cambiar, como de costumbre, aquella vez, por lo menos, se demoró más*—. Supuso que porque tuvo que viajar de una provincia a otra. Pero enseguida bajó otro escalón, y otro, hasta que terminó en la última empresa de la Unión: un tallercito perdido en el campo, tedioso, y con menos de cien trabajadores. —*Pueblo chiquito, infierno grande* —pensó cuando puso el primer pie en aquel paraje perdido de la mano de Dios. Mas no fue así.

En aquel lugar estaba por encima del resto y gracias al sacrificio de muchos años logró que lo nombraran jefe de taller. —*¡Qué asamblea aquella! ¡Ese ha sido el momento más glorioso de mi vida!... sí, lo mejor que me ha pasado*— Nadie estaba más capacitado para el puesto y a la dirección no le quedó otro remedio que someterse a la presión popular al jubilarse el jefe anterior. En tales términos podía definirse su trayectoria laboral. —*No he hecho más que llenar huecos, ¡coño! ni que fuera albañil*—. No había hecho otra cosa que de sustituto de alguien. —*Una carrera llena de momentos oportunos y nada más.* — Y allí estaba, muchos años después, nuevamente llenando el espacio que otro había dejado.

Entró en la recepción y otra vez los inevitables saludos y buenos días que necesariamente lo seguirían demorando. La recepcionista, Raquel, era la única que lo saludaba cada día de la misma forma, diciéndole "Ingeniero". Al parecer, la única en el lugar que recordaba lo que realmente era: un ingeniero mecánico, devenido mecánico de taller, encargado de la grasa, el churre, las reparaciones y remiendos, de las cosas rotas que nadie más era capaz de arreglar. Al menos por esa parte se sentía realizado.

Se había graduado con título de oro y la cabeza llena de sueños. Pero aquello era pasado, quedó atrás. La vida era distinta, más dura. Te hace aterrizar para darte cuenta de que la imaginación es muy rica y el mundo real no tanto. Ahora lo que contaba era el presente, y el futuro inmediato, que escondía la clave del pasado en alguna gaveta de la oficina a la que tenía que acabar de llegar.

Luego de saludar a Raquel comenzó a subir las escaleras. Por suerte solo estaba ella en la recepción así que pudo saltar rápido esa nueva barrera que se interponía en su camino. Luego de las escaleras venía el descansillo, que daba paso a las oficinas de los jefes. Tenía que apurarse. Saltó los escalones de dos en dos. Llegó sin resuello al descansillo. Hizo una parada para coger aire y reponer fuerzas. Ya estaba mayor para semejantes prisas.

Mientras inspiraba para seguir, topó su mirada con el gigantesco cuadro que el director había colgado en una pared hacía unos meses. Justo enfrente de las escaleras. Una imagen de Fidel, riendo. Recordó su temprana juventud, sus días de estudiante de la escuela Normal. Porque siendo honestos aquella fotografía tenía más que ver con él que con ningún otro en aquella empresa. —*¡Cuánto ha pasado! ¡qué lejos aquellos días!*— Parecían una bruma borrosa, una especie de sueño distante, como de otra vida. La de otra gente. No la suya.

El miedo que pasó en aquellos casi olvidados años cincuenta cuando lo cogieron preso por apoyar lo del asalto al Moncada y a Fidel. —*La verdad es que era un chiquillo y me salvé de milagro*—. Sí, lo salvaron las gestiones de un tío que ni conocía, como tantos otros en esos casos. Lo ficharon, le echaron unos meses y salió pronto bajo la condición de no meterse más en esos asuntos. Los meses en prisión le enseñaron mucho. —*De ahí en adelante, la política solo pa' los periódicos*—. Aprendió rápido la lección, o ellos se la enseñaron muy bien. Hasta que en el año 59 todo comenzó a cambiar. Entonces pensó que empezaría a vivir de verdad. Estudió ingeniería en cuanto pudo. Tenía todo el futuro por delante. Pero ese futuro jamás llegó. Ahora solo sería un burócrata más, como esos a los que tanto despreció toda su vida.

Una palmada en el hombro lo sacó de sus cavilaciones. Volteó y allí estaba el jefe, el director de la empresa, el artífice mayor del nuevo ascenso, su nueva condena.

—¿Qué dice nuestro nuevo director de personal? ¿No se decide? —allí estaba con su sonrisa falsa, listo para darle la mano en vez de los buenos días.

—Aquí, cogiendo aire. Es que no estoy acostumbrado a las escaleras. Será que ya estoy mayor para estas cosas. — Hasta él mismo se dio lástima con el comentario. Parecía más bien un último intento infructuoso por deshacerse de la nueva responsabilidad.

—No diga eso, si usted está entero —y le volvió a palmear el hombro—. Además, mejor se acostumbra porque no creo que la Unión nos apruebe muy pronto un presupuesto para ascensores. —y otra vez rio. No le quedó otro remedio que sonreír con él.

—Vamos, háganos los honores, déjeme ser testigo de su primer día y de su entrada triunfal. —Y otra vez la sonrisa fingida. No podía pensar que fuera de otra forma. El nuevo director había llegado hacía menos de dos años y ya había cambiado algunas cosas. Su promoción era el último gran cambio. El peor de todos para él.

El director estaba a su lado y señalaba con la vista la oficina de la dirección de recursos humanos. No pudo hacer más. Comenzó a caminar hacia aquella puerta tras la cual estaba su más antigua obsesión. El jefe, lejos de demorarlo más, lo estaba ayudando sin saberlo. Le daba el empujón final. Se le erizaron los pelos de todo el cuerpo mientras más se cerca estaba. Las piernas le temblaban, pero el director no debía notarlo.

El jefe giró el picaporte, entornó la hoja de madera e hizo ademán de que pasara. Luego de muchos años de espera allí estaba, a solas en aquella oficina. El director entró tras él y le mostró todo el mobiliario.

III

—Bueno señor director, esta es su oficina y este su buró.

Seguía sonriendo el muy cabrón, que en el fondo no sabía el favor que le estaba haciendo.

—Aquí está su termo, muy importante, puede enviarlo a primera hora de la mañana a la cocina con Raquel y aquí tendrá su cafecito caliente todo el día. Y aquí se enciende el aire acondicionado. —Accionó un botón y el equipo echó a andar. Esa sería quizás la mejor parte.

—Eso sí, usted sabe, solo en los horarios permitidos.

—*Hijo de puta, si tú eres el primero que no respeta esos horarios y no apagas el de tu oficina en todo el día, lo pones bajito en las horas en que los demás se ahogan de calor como para que nadie se entere.*

—Y en este archivo están todos los papeles de trabajo del día a día, los de los salarios, los controles de vacaciones, las licencias de maternidad, las capacitaciones del personal, etcétera. Ya se irá familiarizando con todo esto, en el fondo no es tan difícil, ¿verdad? —asintió.

—En las gavetas del buró ya irá usted ordenando las cosas a su manera. Ya están vacías. —Y se tomó el trabajo de abrir algunas para mostrarle.

—En la primera tendrá usted los materiales necesarios, presillas, la presilladora, calculadora, bolígrafos, todo. Si se le acaba algo y necesita reponer materiales, se lo hace saber al administrador y él le hará llegar lo que necesite luego de cumplir con el papeleo, claro está —. Rio otra vez.

—¡Ah, se me olvidaba! Si quiere imprimir algo se lo hace saber a Raquel, ella tiene la impresora y es quien lo hace porque no tenemos más que una para todos. —Le señaló una computadora a un costado del escritorio. —Solo tiene que darle imprimir al documento y hacerle saber y ella los tendrá para usted allá abajo en la recepción. La llama y ella misma se los sube.

—Sí, sí, entiendo.

La verdad era que no entendía mucho, porque si los papeles iban a ser difíciles de manejar, peor sería la computadora. No tenía ni idea de cómo usarla. De hecho, no sabría ni encenderla. Pero bueno, en la marcha ya vería. Quizás Raquel pudiera ayudarle. Ella manejaba una en su mesa.

—Y este pequeño archivo es muy importante. Solo usted tiene la llave para abrirlo y solo usted tiene acceso a él. Ahí están los expedientes laborales de todos los trabajadores y nadie más que usted puede verlos.

¡Vaya si lo sabía bien! Probablemente la parte del nuevo trabajo que mejor conocía, la parte secreta, confidencial. Comenzó a sudar frío. Por suerte el director no lo notó y la pantomima de recibimiento tocaba a su fin.

—Bueno, pues nada, lo dejo solo para que se instale. Estoy seguro de que todo irá bien. Haremos muy buen trabajo aquí. Cualquier cosa que necesite, mi oficina está enfrente, no dude en llamarme.

—Gracias —fue lo único que pudo balbucear.

El director se despidió con otro apretón de manos, pero las suyas, a diferencia de las del jefe, estaban frías. Y el muy cabrón lo notó.

—¿Qué pasa, hombre? ¿Se siente bien?

—Sí, sí, debe ser el aire acondicionado, que no estoy acostumbrado

—No se preocupe, ya se adaptará. Llegará el día en que no pueda vivir sin él, créame. —Y otra media sonrisa.

Por supuesto que le creía.

El director al fin le dio la espalda y al salir cerró la puerta tras de sí.

Suspiró y fue a sentarse en su silla de espaldar alto. Observó por un instante la pantalla a su derecha con el teclado y el ratón delante. Suspiró una vez más y llenándose de valor volteó a su izquierda. Giró la silla sobre el eje que se proyectaba hacia las ruedas y quedó justo frente al pequeño archivo cerrado con llaves. Lo miró con curiosidad, casi con rabia. Le temblaban las manos. —*¡Toda una vida para llegar a esto!*— Y ahora, en el instante decisivo, se preguntó si allí estaría la respuesta a lo que tanto lo atormentó siempre. O si valía la pena develar el misterio de una vez por todas.

IV

Los problemas empezaron desde su primera semana de trabajo, luego de graduarse. Fue muy bien recibido por todos. Cada uno parecía dispuesto a enseñarle algo nuevo en cada jornada y él estaba más que listo para aprender. Tenía mil aspiraciones. Pero a los pocos días de llegar al nuevo trabajo algo extraño sucedió. Los jefes comenzaron a mirarlo raro, como con desconfianza y no faltó la advertencia de que había que integrarse. —*Es verdad que nunca fui de la Juventud ni nada, pero nadie podía señalarme con un dedo.*

Justo unos días antes había llegado el "file" en un sobre amarillo, desde la universidad. El preámbulo de lo que sería su expediente laboral. Y por supuesto, llegó sellado a la oficina de personal. Solo que esa vez, la primera de todas, lo trajo un hombre vestido de miliciano.

Era el capitán que "atendía" la Universidad, Jacinto. Al parecer, venía para dar "las instrucciones correctas". En la universidad todos lo respetaban, con miedo casi. El rector incluido. Según decían fue un dirigente del 26 de Julio en la clandestinidad y se volvió capitán luego, en la lucha contra bandidos. Evidentemente llegó más lejos en todo, antes y después.

Estuvo un buen rato en la oficina de personal reunido a puertas cerradas. Lo que allí se habló no lo supo nadie nunca. Pero fue a partir de esa visita que empezó el martirio.

Desde entonces, cada vez que llegaba a un nuevo trabajo, invariablemente, luego de que su expediente pasaba por personal iba a parar al despacho del director. Lo que venía después seguía un patrón idéntico: no le daban responsabilidades acordes a su preparación profesional y le hacían la vida imposible.

Al principio protestaba un poco, hasta que descubrió que se buscaba más problemas. Así que resolvió aceptar los designios de su incomprensible destino. Para cuando llegó a tan pragmática conclusión, habían decidido su traslado a otra provincia porque era más necesario allá, por sus competencias, etc. etc. etc... —*pero siempre el silencio, el eterno silencio aplastándome*—. Luego, en el nuevo sitio, era igual. Sus conocimientos eran lo de menos a la hora de ubicarlo en algún puesto de trabajo o asignarle nuevas responsabilidades.

A pesar de sus empeños, adonde quiera que llegara volvía a suceder lo mismo. —*Todos encantados en las entrevistas de trabajo hasta que aparecía el jodío expediente* —luego lo llamaban — *y otra vez a dar tumbos por ahí... ¡Pero a mí nadie me explicaba nada nunca, nada! ¡Nunca, coño, nunca...*— Y no lo entendía.

Si algo le hacía querer ahora a aquella empresita perdida de pueblo, era precisamente el hecho de que, por primera vez, todo fue tranquilo desde su llegada. La zozobra le duró meses. No hacía más que esperar un cambio de actitudes, que nunca llegó. Incomprensible. Aunque la verdad es que Roberto, el Rober como le decían todos cariñosamente, el anterior jefe de personal, quien lo recibiera, era un excelente

ser humano, campechano y el dirigente menos ortodoxo que conoció en toda su vida. —*A lo mejor por eso no pasó nada*— se dijo entonces. Eso, y que para colmos le permitieran ser cuadro de la empresa en el proceso de ascenso a jefe de taller, le demostraron no solo que el Rober era un hombre excepcional, sino que además parecía que su suerte empezaba a cambiar. El estigma era cosa del pasado. Si el Rober notó algo en su expediente, no dijo nada porque nunca lo llamaron a la oficina del director.

No le dio más vueltas. Se levantó de la silla, fue a la puerta y le pasó el pestillo por dentro para evitar intromisiones —*por si las moscas*— regresó frente al archivo. Extrajo las llaves del bolsillo y buscó la pequeña llavecita plateada que abriría su caja de Pandora. Abrió la primera de las gavetas metálicas, buscó dentro la letra de su primer apellido. Nada. Allí no estaba. Cerró la primera gaveta y saltó a la segunda. Encontró la letra. Pasó uno a uno los files, en el décimo el corazón le dio un vuelco. ¡Allí estaba su expediente!

Lo sacó lentamente, para que no se dañara antes de poder desentrañar su verdad, como para que el mundo no se enterara de lo que estaba a punto de hacer. Lo puso sobre la mesa y comenzó a hojearlo.

El expediente estaba actualizado. En las primeras páginas estaban sus últimos logros: el premio de la Unión, el ascenso a jefe de taller. Lo típico. Nada fuera de lo común. Todo su historial de trabajo, como si se tratara de sus memorias anticipadas. Nada personal. Y como estaba organizado de atrás para adelante, o sea, una cronología invertida, decidió ir al origen del problema, a la primera nota, en el primer trabajo. Tenía que encontrar lo que estaba escrito cuando los papeles llegaron de la universidad.

Pasó las páginas sin mirarlas. Buscaba con desespero. En la última página estaba la nota en la que se daba cuenta de su primera ubicación laboral y en el siguiente renglón, el primer traslado, como si nada hubiera ocurrido entre una cosa y otra. Un borrón de más de un año. Sin más explicaciones.

Llegó a las "Observaciones generales". Y justo en la primera página había una nota sencilla, escueta, que no tenía que ver en lo absoluto con nada de lo anterior: sus capacidades, su preparación profesional, su experiencia.

El impacto fue demoledor, la reacción casi serena, la viva estampa de la resignación y el desaliento. —*Así que esto es todo, ¿no?, ¡coño, no jodas! ¿A esta mierda se reduce mi vida?*

Al parecer, el resto no importó jamás. Sin rencor, asqueado, sorprendido, volvió a leer:

"Declarado preso político en 1963."

En la penúltima cifra, había una especie de ligera corrección o mancha, un borrón quizás.

Los días de la peste

*Dedicado al pueblo cubano y su menesterosa vida en su propia tierra,
su errante destino de forasteros sin patria por el mundo,
cargando con los traumas y el peso de toda una nación sobre
los hombros y en el corazón.*

*Pero, sobre todo, a los valientes cubanos que salieron a la calle el 11J.
Los jóvenes, los adolescentes presos...
¡A todos los que aún faltan por salir!...*

*A Raizman, por "las señales",
y porque sé que este será especial para ti...*

*"(...) Oí a (...) una multitud gritando libertad.
Detrás iba una turba gritando cosas violentas.
(...) Sentí emoción por la palabra libertad (...)
regresé a la casa, mientras subía las escaleras pensé,
tu problema no es la cobardía, tu problema es la indiferencia. (...)"*

*Fragmento de un texto de Marcelo Morales.
Publicado en la revista santiaguera La Noria (2012).
Tomado de Internet.*

I

Los días de la peste

*La pestilencia se cierne sobre nuestra suerte. Los siervos del Señor
tienen miedo y están muriendo. La gente vive encerrada en sus
casas para evitar el contagio, pero esta plaga no distingue impíos*

o probos. Cada mañana el padre busca indicios de la peste entre su progenie, con terror el hijo busca en sus padres los signos de la enfermedad terrible rezando por no encontrarlos...

La peste es indetenible. La gente muere por montones. En las plazas y callejas caen diezmados. Hay familias enteras muriendo solas en sus hogares, dejadas a su suerte. Las autoridades solo se ocupan de marcar con ceniza las casas donde esto sucede...

Ni nosotros ni las monjas damos abasto. Hay algunos que se han negado incluso a tratar a los enfermos por miedo al contagio. Lúgubres tiempos estos que vivimos cuando el siervo del Señor niega auxilio, piedad y clemencia a su prójimo que muere abandonado allí donde y como le alcance la parca...

Hay quien cree que esto es una señal divina, un castigo de nuestro Señor para lavar los pecados de esta humanidad siempre descarriada, y aunque creo que solo la oración devota y sincera y la caridad humana lograrán salvarnos, estos no son los días de nuestro Señor, ni los del fin de los tiempos. Este no es siquiera el Apocalipsis. Estos, son los días de la peste...

—Fragmento del Diario Manuscrito del monje bávaro
Ulric Hauftsmann, siglo XIV

Estos son días en que vivo con los nervios a flor de piel, como muchos. En un estado de terror permanente. Nunca en mi vida había pensado en la muerte con tanta frecuencia. Pero más que en la mía en la de otros. Sobre todo, en la de mi madre. Al despertarme cada mañana, lo primero que hago es tocar su frente, esperando no encontrar jamás la temida fiebre. Con mucho cuidado, para que no se despierte y note mi miedo a que se contagie con esta terrible enfermedad. Mientras se declara pandemia en el mundo entero, aquí dicen tenerla controlada. Las estadísticas se muestran en reportes televisivos diarios con números irrisorios; como si se tratara de otra cosa y no de vidas humanas, insignificantes para el poder.

Mi madre hace meses que no tiene contacto con nadie más que conmigo. Solo yo salgo a la calle cada día a luchar, trabajar y forrajear el sustento. Precisamente por eso mi terror, porque si algo le pasara sería culpa mía. Y en esta situación de escasez material donde cada cosa que se necesite para la subsistencia diaria requiere largas e interminables colas, las probabilidades no solo de enfermarme yo, sino peor aún, de contagiarla a ella, forma parte de la ruleta rusa del diario vivir, sin otra solución ni remedio en este país que hace décadas se cae a pedazos. Por eso cuando llego de la calle, antes de saludarla ni darle un beso como siempre, me quito toda la ropa y voy directo a darme un baño.

Ella al menos, a pesar de ese riesgo, me tiene a mí. En cambio, en el barrio y en todo el país, hay muchas personas de su generación, los que hicieron todos los sacrificios que exigió el proceso revolucionario por un porvenir muchas veces prometido, nunca cumplido y hoy doblemente hipotecado e inexistente, que hoy viven encerrados en sus casas. O en las colas, en la calle, solos, porque sus hijos han tenido que salir del país para poder encontrar ese futuro por el que sus padres lucharon en vano. Si ellos se pueden sostener y tienen el dinero y los recursos para sobrevivir es gracias a esos hijos exiliados y no por las pensiones que, en premio a sus desvelos, les ha tocado en el fin de sus días. Pocos son los afortunados. Esa generación perdida, abandonada, es la que sufre los rigores de la decadencia del sistema que defendieron y apoyaron.

No hace mucho, una noche, tuve un ataque de pánico y tuve que caminar un rato para recuperar la respiración. Mi madre no se enteró, estaba viendo la novela y yo me fui a la azotea con la excusa de fumar y mirar el barrio desde las alturas, o lo que queda de él después de 60 años de desidia permanente. En realidad, subí a pensar, a despejar la mente y que ella no viera el terror y la preocupación en mis ojos. Preocupación por mi viejita si algo me sucediera y se me quedara sola. Terror de que me trajeran un día sus cenizas en una urna de cerámica, como les ha pasado a tantos. Se me estrujó el corazón.

De esa ansiedad nació el pánico. Pero logre domeñarlo como siempre, encendiendo un cigarro. En silencio eché un vistazo a la noche de mi barrio, sus tejados, sus luces mortecinas, tristes, sus fachadas despintadas. A pesar de la visible pobreza y la palpable desesperanza de aquel panorama, esa vista siempre tuvo un efecto tranquilizante en mí. Aquella paz nocturna desde las alturas era mi verdadera patria, la única que yo sentía sinceramente propia.

Pero aquella noche era distinta, había algo más, gemelo de mi pánico repentino. Un sentimiento omnipresente, pesado como un fardo que nos acompaña a la par de esta enfermedad que nos azota. Una zozobra, una incertidumbre acuciante que ni siquiera la nicotina o el trago de ron logran ya aplacar. Es terrible lo que se escucha.

En algunos pueblos de campo familias enteras se han encerrado a sufrir su suerte como en la Edad Media con la peste negra. Se ha dado el caso de personas que por fuerza han tenido que velar a sus familiares en la sala de la casa después de haber presenciado el horrible espectáculo de verlos morir enfrente de ellos sin asistencia. Ahogados, literalmente. Luchando por respirar. Llorando sin lágrimas por arrancarle un poco de oxígeno al viento. ¿Cómo consigues seguir adelante en esa misma casa luego de semejante tragedia? ¿Cómo evitas mirar hacia ese rincón donde, como un perro apaleado, terminaron los días de un ser querido, un padre o una madre, sacrificados por un sistema deshumanizado? Veteranos de una lucha y un tormento cotidiano interminables, hasta el último aliento, como dice una canción tan olvidada como ellos.

En los hospitales los enfermos están hacinados en los pasillos y salas de espera, porque las camas no alcanzan. Y allí, en medio de un salón abarrotado, mueren de la misma forma, a la vista de todos, testigos mudos de lo que podría ser su destino. Los médicos impotentes ante el panorama de pacientes que, estando conectados a las máquinas, mueren porque se acaba el oxígeno. La misma mascarilla que hace unos minutos usaba un paciente fallecido, es trasferida al próximo paciente sin los procedimientos mínimos de desinfección requeridos por el más elemental protocolo de sanidad, más aún en medio de una situación sanitaria excepcional como esta. Porque sí, porque en este país todo es así y todos estamos tan acostumbrados a vivir y ser tratados de esa manera que no importa. Es más, no reparamos ya en lo mal hecho, en una vida que es total y absolutamente inaceptable a cada paso que se dé. En más de un hospital han muerto pacientes porque faltó la energía eléctrica por unas horas, no había generadores o alguien se robó hace mucho tiempo su combustible y se apagaron los respiradores.

En otros hospitales ni siquiera se toman el trabajo de poner sábanas en las camas o camillas —tampoco es que haya suficientes—, acuestan a los pacientes directamente sobre las bolsas de basura en los que se les lanzará como desechos en fosas comunes. Hay médicos que sin el menor tacto ni pudor envían los pacientes a morir en casa. Venden en el mercado negro, para poder sobrevivir, los medicamentos que les niegan a los infectados. Y no es que esto último sea nuevo, para nada, lo nuevo es que ahora su desidia y desinterés causa muertes. Lo preocupante es que la vida misma no valga nada y que puedan irse a sus casas, con sus hijos, cada día, poner la cabeza en la almohada sin remordimientos y regresar en la siguiente jornada para repetir todo nuevamente.

En los centros de aislamiento que se usan como medida cautelar, muchos de los que son ingresados ni siquiera están infectados. Los resultados de las pruebas no llegan a tiempo y aun así les obligan a encerrarse como en barracones; enfermos o no, condenándoles sin un diagnóstico real. A estos centros en particular les tengo pavor. Casi tanto como a los hospitales.

Con el pecho aun apretado por semejantes pensamientos lancé el cigarro y decidí bajar. Me esperaba una dura jornada al día siguiente. Solo queda seguir luchando, echar pa alante, porque ¿qué más?...

II

Sálvese quien pueda

…La búsqueda del alimento es especialmente cruenta en estos tiempos. El Consejo Ducal de la Ciudad acapara y controla los granos y toda cosecha, mientras crecen el contrabando y la precariedad de la vida por todas partes. La violencia y el sálvese quien pueda crece y aflora cada día en una fila cualquiera para procurar el sustento. Los agentes del orden lucen como perros de caza en las calles, en cada calleja, tratando ce controlar el reparto de alimento y el contrabando no siempre con las mejores maneras. Algunos entre ellos se están volviendo realmente odiosos entre la feligresía. La aglomeración de los siervos del Señor en largas filas en momentos como este es más peligrosa aun con esta pandemia que todo lo permea y contamina…

—Fragmento del Diario Manuscrito del monje bávaro
Ulric Hauftsmann, siglo XIV

Aquella mañana me levante a las tres. Era domingo. En estos tiempos, para comprar algo de comida hay que estar en la cola antes, incluso, que salga el sol.

Toco la frente de mi madre para comprobar una vez más, con tranquilidad, que la enfermedad, gracias a Dios, no llega. Me preparo para la primera cola del día. Lleno los pomos con agua para beber, a esta hora en que todavía tiene presión. A la bodega llegó ayer el arroz después de más de un mes. Va a ser un día duro.

Tomo mi agua con azúcar para aguantar la jornada que me viene encima, el milordo fiel y amigo, mientras aún se encuentre el azúcar en el otrora emporio azucarero del Caribe. El pan, el único que queda y que de milagro conseguí hace dos días, se lo dejo a mi mamá para que desayune cuando se levante. Un café de la borra de ayer, aguadito, el cigarro que me fumo en la terraza antes de salir, nasobuco, la libreta, el teléfono y a la batalla.

La bodega a la que tengo que ir no es la más cercana a la casa, tengo que caminar unas cuantas cuadras. Loma arriba. Esta es una de las bodegas que más surten en el barrio desde que, a pesar de la pandemia, a los de arriba se les ocurrió concentrar más productos en una sola tienda en lugar de distribuirlos para evitar así las aglomeraciones. Pero no, eso parece ser secundario en la práctica, aunque la retórica de a entender lo contrario. Esas concentraciones, por mandato y designio, han creado problemas adicionales: los coleros. Gente que se dedica a marcar en las colas y conseguir turnos para luego venderlos. Los primeros números son más caros porque tienen mayores posibilidades de alcanzar una compra variada. Sí, porque ese es otro asunto. Aun levantándose uno muy temprano, como yo, para marcar si no entras en el negocio con los coleros, puedes pasar medio día en una cola e irte sin nada.

Tampoco para ahí la cosa. Ahora las autoridades le declararon la guerra también a los coleros. Los persiguen y condenan públicamente en la radio y la televisión con más saña que a la pandemia misma o a los americanos, que ya es mucho decir. Durante meses han publicado reportajes de persecuciones y detenciones a productores y distribuidores privados de cuanta cosa se les ocurra, incluidas las ventas en redes sociales tipo páginas y sitios web de clasificados no autorizados. La cruzada es contra toda ilegalidad dicen, pero el resultado final es el desabastecimiento paulatino, y con ello el aumento de los precios, la profundidad en la clandestinidad y delincuencia del ya clandestino mercado negro y el incremento en el tamaño y violencia de las colas.

Para empeorarlo todo, la guerra no es solamente contra los coleros, sino contra la cola misma. Uno de los grandes aportes de este socialismo tropical. Esa vieja manía de ignorar la realidad. Están prohibidas las aglomeraciones para evitar el incremento de contagios y han desarrollado todo tipo de mecanismos absurdos para evitarlas. Sencillamente la cola no puede existir antes que abra la bodega. La negación de la negación, ya sabemos cómo es. El orden de llegada se lo marcan a la gente en la piel, con un cuño. Como ganado.

Y claro, ninguno de esos mecanismos de control sería remotamente efectivo sin un consagrado cancerbero. Alguien de reputación y aval comunista intachable, excombatiente de la clandestinidad y revolucionario destacado del barrio, un confiable militante. El de esta bodega es Raimundo, un ser despreciable y despreciado, poco querido hasta por sus propios hijos porque su entrega a la Revolución siempre estuvo por encima de todos, incluso de sus nacimientos, bodas y graduaciones. Siempre tuvo una misión más importante que cumplir, un deber impostergable al que responder, una provocación enemiga a la que salirle al paso.

Eric Beira

Casi a punto de llegar a la bodega corté camino para no encontrarme con Raimundo. Lancé el cigarro que traía siempre entre los dedos y mis reflexiones, y agradecí al cielo el fresco de la madrugada antes del calor asfixiante de julio que no se hace esperar apenas sale el sol.

III

El surrealismo

...La precariedad ha llegado a extremos inimaginables. En las calles las trifulcas suceden casi a diario. Las autoridades se han vuelto más agresivas y controladoras, queriendo atajar cada altercado, allí donde surge, con la mayor severidad. En las noches, en los callejones más oscuros, un mercado clandestino de todo tipo de bienes y mercedes crece a la misma velocidad de la mortandad y la escasez de todo. Los ciudadanos, agobiados por la hambruna y la persecución del contrabando, se organizan y comunican a través de un sistema de contraseñas y señales prestablecidas de antemano para burlar el control...

—Fragmento del Diario Manuscrito del monje bávaro
Ulric Hauftsmann, siglo XIV

A una cuadra de la bodega vi a Raimundo. Estaba apostado en la esquina, dando vueltas como un mastín, vigilante y agresivo, para evitar que se forme la cola antes de que abra el establecimiento. Con su camisa verde olivo y hasta el brazalete del 26 en el brazo. El atuendo que usa siempre que la Revolución le encarga una tarea.

Me paré en la acera y encendí un par de veces la linterna de mi teléfono apuntando a los árboles. De uno de ellos me llega una respuesta lumínica idéntica: me están dando el último en la cola que ahora se organiza en las alturas. Esa señal me indica que debo situarme en el árbol de al lado. Y eso hice.

Lo sé, esto es inverosímil, kafkiano, pero así fue como decidimos organizarnos hace una semana cuando comenzó esta nueva persecución.

Quien me dio la señal fue un señor mayor al que todo el mundo respeta mucho no se bien por qué. No era de mi cuadra. Un militar retirado que vive en una de las casonas grandes del barrio, en ruinas prácticamente. Jacinto se llama. Últimamente me lo encuentro en casi todas las colas del barrio, con la mirada perdida y vidriosa, luchando como los demás, a pesar de sus años. Uno de los tantos adultos a los que no les queda otro remedio que salir cada día a forrajearse el sustento. Increíble que aun pudiera treparse en un árbol como los más jóvenes.

Ahora soy el último en la cola, esperando al próximo que llegue y haga la señal apropiada para darle el último y se sitúe en el árbol contiguo. Cuando la bodega abre, bajamos y ya la cola está organizada. Eso evita aglomeración y broncas e incluso ahorra un tiempo preciado que a veces permite ir a otra cola a ver si con suerte se encuentra algo más con que sobrellevar esta vida perra.

Pero esta idea nuestra no es la única aberración estos días, se escuchan cosas realmente preocupantes. Es como si la gente estuviera perdiendo la cabeza. Yo creo que, en parte, así es. La precariedad extrema está destrozando los nervios de muchos. Cada vez más personas buscan en los basureros. Gente mayor, sobre todo. Muy triste. Pasan incluso el día allí esperando por los camiones que vienen de plantas, fábricas y bodegas con comida echada a perder por la refrigeración suspendida por los apagones cada vez más frecuentes. En algunos de los basureros más grandes de la ciudad hay incluso zonas repartidas. En uno de ellos, a las afueras, viven familias en precarias viviendas de zinc y tablas, en tiendas de campaña incluso, con niños chiquitos y todo, sin las más mínimas condiciones sanitarias ni electricidad ni agua potable.

Hace poco escuché de un edificio donde un señor, luego de regresar de la calle —quien sabe si de una cola infructuosa como la nuestra— comenzó a tocar las puertas de sus vecinos y a quien abriera lo apuñalaba. Luego de varias víctimas, le prendió candela a su apartamento con familiares dentro —quienes se encerraron en las habitaciones para no ser apuñalados—. Luego, subió a la azotea del edificio y se tiró.

Cosas inquietantes como esta suceden a diario. Hace unos días, en el portal de una casa en el campo, alguien abandonó a un bebé. Se escuchan historias de mujeres asesinadas a machetazos o apuñaladas por exmaridos y hasta por esposos celosos, delante de sus hijos. En ocasiones, también criaturas asesinadas o heridas junto a sus madres.

El feo rostro de la tremenda crisis social soterrada desde hace años que, finalmente, nos está explotando en la cara. El sentimiento de que una terrible oscuridad se cierne sobre todos nosotros.

Dos flashes me alumbran. Respondo idénticamente a un cofrade de la cola en las alturas de la avenida. Fue Ignacito, vecino de toda la vida, con un padre enfermo y con problemas psiquiátricos ocasionados por viejas tragedias familiares. Huérfano de madre y con su abuela encamada y muda hacía años. Su misión es dura. Luego de esta cola seguro tendrá que ir a la farmacia a ver si consigue medicamentos para su padre, que lleva un buen tiempo sin ellos. En esas condiciones, puede ser un peligro para sí mismo, su familia, y hasta para el solar en que viven al doblar de mi cuadra. El viejo suele ponerse muy violento cuando le falta el tratamiento.

Ya está saliendo el sol, en cualquier momento empieza la cola real. Raimundo detiene su andar poseso alrededor de la esquina. Algunas personas llegan a saludarle. Son los bodegueros que se adentran en la tienda para su apertura. Es entonces que nos percatamos que no hemos sido nosotros, los arboleros de la avenida, los únicos creativos en esta historia.

Justo enfrente de la bodega está la funeraria. Sino la única, si la más concurrida del municipio. Al parecer, hubo un grupo de personas, menos temerarias y escrupulosas quizás, que decidieron organizar su cola entre los llantos de los dolientes en la funeraria. Y justo cuando los bodegueros abrieron las puertas, una segunda cola, tan o más nutrida y organizada que la nuestra, se formó a las puertas del establecimiento mucho más rápido que el tiempo que nos tomó a nosotros descender de los árboles. Ellos solo tenían que cruzar la calle. El día no empezaba bien.

IV

La violencia

...La violencia se enseñorea sobre nuestros días y solo impera la ley del más fuerte. En las entregas de alimentos en particular, esta verdad se manifiesta con más ahínco, y no hay mucho que las autoridades puedan hacer cuando la ley de la selva se impone y el instinto de supervivencia establece su imperio absoluto y total. Los altercados se suceden una y otra vez y son cada vez más virulentos. Ocurren incluso sin razón aparente. Los ánimos están bien caldeados.

Se dice que grupos de gente mal encarada merodean en las calles a toda hora buscando cualquier objeto de valor que escamotear o robar y así se alimenta también el mercado clandestino en los callejones, que ya opera incluso a plena luz del día sin pudor ni control alguno. Incluso las autoridades a cargo de almacenes y graneros, los garantes de trámites y todo tipo de salvoconductos, forman ya parte también de la vasta red de contrabando que se extiende más rápidamente y con más virulencia casi que la pandemia misma...

—Fragmento del Diario Manuscrito del monje bávaro
Ulric Hauftsmann, siglo XIV

Los detalles acerca de la bronca tumultuaria que se armó al converger aquellas dos colas en la esquina de la bodega es algo en lo que prefiero no abundar demasiado. Raimundo casi infarta. A Ignacito le faltó muy poco para apuñalar a alguien. Muchos nos fuimos sin comprar nada, no sin antes darles su respectivo y merecido escándalo, yo el primero. Creo que Raimundo me vio en esas, pues me miró con cara de muy pocos amigos justo antes de tener que encerrarse con los bodegueros dentro de la tienda para evitar ser linchados por una turba enardecida, hambrienta y cansada.

Al final abrieron por una hora y priorizaron ciertos casos. Entre ellos, gracias a Dios, el de Ignacito, aunque también otras personas menos afectadas que él, pero socialmente más problemáticas y de ánimos más volubles. Eso es, para tristeza de muchos ciudadanos, el pan nuestro de cada día.

Yo no tuve la suerte de los más violentos en esta jornada. Nunca he sido de ese grupo, aunque las ganas no me han faltado, al contrario, me asaltan cada día con más fuerza. Ahora me toca vagar a ver dónde y que puedo conseguir para que no sea una jornada del todo perdida. Tendría que chancletear medio barrio, masticando improperios y maldiciones a diestra y siniestra contra todo y todos, pero especialmente contra la gente de la funeraria. Resulta increíble hasta qué extremos de insensibilidad y falta de empatía puede llegar el ser humano cuando ha llegado al punto de la subsistencia más básica. Un ejemplo extremo sucedió no hace mucho en el barrio de al lado al nuestro.

Un par de semanas atrás se soltó una res del matadero que está justo en la frontera entre dos barriadas complicadas. Al lado del matadero hay una línea férrea que en un tramo entra como en un callejón de menos de cien metros, entre dos lomas de piedra tipo acantilado. Por ahí decidió huir el pobre animal. Nunca llegó a salir. Las autoridades solo encontraron la cabeza luego de la escasa media hora que les tomó percatarse del faltante. ¡Que ingenuidad la de creer que en las circunstancias que se viven encontrarían algo! Aquí son al revés los San Fermines.

Como para encontrar algo tendría que andar hasta el otro extremo del barrio decidí ir a la casa a comer algo antes de seguir. Total, era casi mediodía.

Eric Beira

V

Las señales

…Vivimos tiempos oscuros en verdad. Llenos de malos augurios y preocupantes señales que anuncian más desgracias por venir. Los siervos del Señor encuentran por doquier signos de muerte que confirman sus sospechas y temores: niños que han muerto fulminados en la calle sin explicación alguna, un caballo amarrado a una carreta que se desboca sin razón aparente y mata en su desbandada a varias personas, un pájaro herido que cae del cielo en medio de la plaza y muere allí mismo, una ventisca en el último invierno que apareció de la nada y destruyó todo a su paso, la caída al suelo y descabezamiento del santo patrono de la ciudad en una procesión en su homenaje y todo ello coincidente con fechas relacionadas con él. Signos verdaderamente preocupantes hasta para los menos supersticiosos. Ese sentimiento terrible que albergamos todos hace tiempo de que esta tierra esta maldita…

—Fragmento del Diario Manuscrito del monje bávaro
Ulric Hauftsmann, siglo XIV

Por suerte, cuando llegué a casa, mi mamá había preparado algo. Me asombra sobremanera la capacidad de las madres de esta nación, cansada como ellas, para alimentar su familia, con actos que a veces parecen de pura magia, pociones propias de druidas y brujas medievales. Con menos de lo mínimo indispensable son capaces de hacer un plato que parezca y aun

106

sepa a comida. Una linda ilusión que nos alimenta el estómago y el espíritu. Aproveché entonces el beso y el saludo para sentirle una vez más la temperatura. Todo bien, gracias a Dios.

Luego de un muy frugal almuerzo busqué en mi gaveta los últimos tres dólares que quedaban en la casa. Sabía que sin haber marcado de antes y que, sin tiques o pre-tiques, de la próxima cola a la que me enfrentara solamente saldría airoso si lograba sobornar a algún encargado, colero o alguien de la misma tienda. Mientras me dirijo al otro extremo del barrio a ver que encuentro voy fumándome un cigarro, lo único que últimamente logra serenarme un poco.

El sol está tremendo, julio y agosto son fatales. Voy cazando las pocas sombras que quedan, y eso que por no pasar ni hacerse casi nada bien en este país, ni los árboles cortan ya en la temporada ciclónica. Así anda todo, a manga por hombro. Es un desastre total que pareciera pensado más para agravar que para resolver la crisis. A veces me parece incluso que rebasa lo normal. ¿Seremos objeto de alguna hechicería o conjuro? Es para pensarlo, en serio. Últimamente ha habido temblores de tierra donde nunca se han sentido, con amenaza de tsunami y todo. ¡Tsunamis en el Caribe!

Tengo un amigo que ve en esto muchas señales terribles, signos avisando una catástrofe, y todos ellos, en los últimos tres años al menos, han estado relacionados con fechas asociadas a Martí. Mi amigo ha estado llevando la contabilidad exacta. Desgracias, eventos catastróficos o desastrosos que casi siempre involucran muerte y que ocurren en la víspera, el mismo día o el de después de aniversarios del nacimiento o la muerte de José Martí. Malos augurios.

107

Según mi amigo, todo esto empezó hace tres años atrás, un dieciocho de mayo, víspera de un aniversario de la muerte del Apóstol: un avión cayó apenas despegar y murieron más de cien personas, solo dos sobrevivieron al accidente y de ellas solo una sigue viva hoy. Así inició su andar "el nuevo presidente" —el puesto a dedo, el designado— aquel al que supuestamente "cedieron" el gobierno, en una pantomima de transición y relevo generacional de la dirección del país.

Al año siguiente, el veintisiete de enero, víspera del nacimiento de Martí, en una noche de domingo, un tornado apareció de la nada, a las ocho de la noche y atravesó La Habana en menos de media hora. En mi barrio acabó en cinco minutos. Todavía hoy hay gente sin techo y sin esperanzas de volver a tener uno, rumiando en silencio su mala suerte y su desgracia sin la ayuda o asistencia de nadie. Acumulando resentimientos.

Al día siguiente, el gobierno, total y absolutamente desconectado de la realidad de su pueblo, y sin el más mínimo grado de empatía, convocó y realizó su tradicional marcha de las antorchas para auto celebrarse y aplaudirse. Para mí siempre ha sido una macabra procesión que recuerda más los actos nocturnos y con antorchas de los días del Tercer Reich.

En la mañana, en Pinar del Río, se había visto en el cielo la explosión de un meteorito, dejando una estela roja entre las nubes. Fuego por todas partes. Más señales de mal agüero.

Justo un año después, un balcón en La Habana se derrumbó y mató a tres niñas en la calle, a plena luz del día. A los padres no se les permitió ni protestar. Se les persiguió y amenazó, buscando amordazarles el dolor con todo tipo de presiones y solo recibieron como indemnización una suma que

VI

La resignación

…la carestía y la escasez son tales que no hay venta de víveres en donde no acabe sucediendo algún desorden y tenga que intervenir la autoridad, no siempre de la mejor manera ni con buenos resultados. Lo peor es que para ellos tampoco es distinta la situación y no son pocas las ocasiones en que sucumben a la tentación de hacer uso del poder que les es conferido para conseguir aprovisionarse ellos de lo que otros no pueden…

Cada vez es mayor la impunidad de las autoridades de la ciudad y se cuidan menos de mostrar sus privilegios y poderes, y por tanto la gente también lo sabe y ha sido testigo de semejantes movimientos. La situación se está tornando muy tensa. Se puede sentir en el ambiente. Tensión, zozobra, resignación y derrota…

—Fragmento del Diario Manuscrito del monje bávaro
Ulric Hauftsmann, siglo XIV

Segunda cola hoy y nada. Ni los tres dólares me sirvieron. No me dio tiempo ni a sacarlos del bolsillo. Ya no bastan previsiones ni planes de soborno. La bronca ya estaba armada entres dos mujeres cuando llegué y dos policías trataban de controlar aquello sin demasiado éxito. En ocasiones así tu no ves nunca a los Raimundos del barrio por todo aquello.

111

Ellos solo aparecen cuando se puede abusar, cuando es fácil imponerse.

El problema estalló cuando la gente se percató que no iba a alcanzar a comprar nada por lo que llevaban horas haciendo cola bajo el sol. Vendían una nueva idea que se les ocurrió ahora: los módulos. Agrupan un poco de productos que muchas veces ni tienen nada que ver entre ellos. Casi siempre algunos muy demandados y de primera necesidad con otros que, al parecer, no consiguen vender aun a pesar de la carestía de todo, y que pueden incluso estar vencidos. Un pomo de mermelada, jabón, desodorante, una botella de aceite y una de detergente, una lata de pepinillos encurtidos. Así de dispares pueden llegar a ser los componentes de un módulo regular. Aunque solo interesan algunos de los productos dentro del módulo, compramos todo a un precio fijo. En realidad, todos hacen falta.

Al ver que me di el viaje en vano decidí intentar un último recurso. Cuando el espíritu de la supervivencia a toda costa se te mete en las venas tan hondo, se hace parte de tu comportamiento el siempre intentar algo más. Otra vuelta a la situación. El tratar de ganarle algo al sistema, por mínimo que sea, es siempre una victoria.

Respiro hondo, enciendo un cigarro y me siento en el contén del barrio —"como hace un siglo atrás"— a esperar que el tumulto se disipe y se vaya la policía. Al cabo de un rato tiro el cabo del tercer cigarro al suelo, lo piso, me levanto para dar la vuelta a la cuadra buscando el fondo de la bodega a ver si así logro dar con alguien que me venda algo de contrabando. Lo que fuera, porque siempre cabe la posibilidad de que eso pase y un día entero en la calle en vano, arriesgando mi vida y la de mi madre, es un lujo que no puedo permitirme.

Para cuando me asomo a ver la puerta trasera de la bodega, los policías que antes trataban de controlar la cola estaban metiendo en el maletero de su carro patrullero número 388, varias bolsas. No fui el único en intentar "resolver" esa tarde. Se ve que no siempre cuando no alcanza es porque se acaba ni quien se acerca a controlar una cola tiene las mejores intenciones ni busca el bien común, ni siquiera siendo la autoridad. En los últimos tiempos, ellos menos que nadie.

En la esquina, parados, igual de impotentes y resignados que yo, están algunos vecinos de la zona. Me parece que uno de ellos es Jacinto, el señor que me dio el último en la cola de los árboles de la avenida en la mañana. En los ojos de aquella gente en la esquina leo algo más que decepción e impotencia. Un sentimiento más profundo y visceral, enfermizo, incurable: una mirada que pierde su brillo por una oscuridad que opta por hundirse muy dentro del cuerpo. Lo mismo que noté en los ojos de mucha gente en el barrio el día después del tornado, en aquellos que lo perdieron todo y a los que nadie asistió: furia contenida, un resentimiento que sigue tragando en seco para no explotar.

No hay nada que hacer, mañana será otro día, menos complicado tal vez. Vuelvo a encender el cigarro, a caminar calle arriba, sudado; acompañado de mi indestructible tendencia a pensar cosas que siempre me dejan con más preguntas que respuestas y con el terrible sabor de la resignación en los labios.

VII

La libertad

…Se veía venir. Incluso, nuestro Abad había tratado de advertir al Consejo Ducal de la Ciudad y al Regidor de lo que se nos venía encima. Mas su tozudez y excesiva confianza en su poder desmedido no les permitió escuchar razones e hicieron oídos sordos a nuestras advertencias. No solo persistieron en sus absurdos mecanismos de control, en sus abusos y desmanes, sino encima lucrando gracias a los mismos, cada vez más acomodados en las poltronas del poder, disfrutando su licenciosa vida de concupiscencia y oprobiosos excesos mientras la gente mal moría y mal vivía a su alrededor… hasta que un día estalló la revuelta, la gente salió a la calle y pidió la salida del gobierno de la ciudad y del Regidor mismo…

—Fragmento del Diario Manuscrito del monje bávaro
Ulric Hauftsmann, siglo XIV

Cuando pasan estas cosas y la escasez muestra su peor cara, temo acabar mis días como la señora que se vio no hace mucho pregonando a todo pulmón entre los edificios de la esquina de mi casa, no la venta de algún producto sino su propia hambre: la señora pedía a voz en cuello que alguien a quien le sobrara algo de comer lo compartiese con ella. Lo triste es que al parecer no había mucha gente a la que le sobrara algo… ni sensibilidad en el corazón.

Casi a punto de irse le ofrecieron un plato de comida, arroz y huevo frito, pero al menos estaba caliente, recién hecho. A la señora se le apagó la voz enseguida. En silencio, gruesas lágrimas taparon por unos segundos los surcos dejados en su rostro por la necesidad, la desesperanza y los años. No aceptó siquiera que le dejaran entrar en la casa, no quería arriesgar la salud de la familia de aquel buen samaritano.

Esas pequeñas cosas, esa dignidad invertebrada que aún no han conseguido arrancarnos del todo, aún me enorgullecen y me dan un atisbo de fe. La señora engulló aquel alimento en pocos minutos, en la misma escalera del edificio y se fue por donde vino, en silencio. Fue profesora, alfabetizadora en su juventud. Veo esas cosas y temo por mi madre… y las de todos.

No es solo el miedo al hambre de mi mamá y a la mía propia lo único que me aqueja. Visto todo esto hay algo en lo que no dejo de pensar últimamente: es tanto el desorden y la indolencia en este país que creo que ni el caos puede funcionar así de bien si no es planificado. Desde hace algún tiempo, mientras me siento a fumar en la azotea de la casa en las noches, a mirar el barrio y tratar de coger un poco de fresco, me ronda la idea de que todo esto de la pandemia, e incluso la manera en que tenemos que sobrevivir y luchar para comer, es planeado maquiavélicamente. Incluso la incapacidad crónica del sistema de salud nacional de atender la más mínima dolencia, cuando menos una crisis sanitaria de esta índole y magnitud. Esa desidia, desinterés y falta de empatía sistémica que se respira por todas partes, me parece preparada, creada, como en un "divino guion". El non plus ultra de la ingeniería social y el control de masas.

115

Pero una cosa es pensar, teóricamente, en abstracto —sí, porque a pesar del hambre y la necesidad todavía pienso, elucubro cosas, dudo… "aun existo"— y otra muy distinta es tener que vivirlo en carne propia. Ser la víctima precisa y consciente de dichos experimentos. La rata de este laboratorio gigante rodeado de "agua por todas partes". La marioneta rota de un poder inmoral como todos los poderes, aunque ilegítimo como pocos. Es otro nivel de entendimiento, más profundo, porque ves sus efectos nocivos y malsanos todo el tiempo en los que te rodean. Como los transforma en algo despreciable casi. Personas que en el nombre de la bendita subsistencia y utilizándola a diario como excusa, es capaz de las más execrables acciones contra sus propios semejantes. Como los negocios sucios de los médicos y el personal de salud. Peor aún: ver cómo sufren todo eso en silencio también tus seres queridos, sin la más mínima capacidad de protegerlos. Es entonces que toda metafísica, disquisición o especulación intelectual de cualquier índole cede su espacio a la ira más profunda, ponzoñosa.

Es esa ira tácita la que llevo años presenciando a mi alrededor, una bomba de tiempo cuyo conteo regresivo hace tiempo arrancó y nadie tiene ya la capacidad de detener. Me resulta increíble que tan pocos lo noten. Quizás es que prefieren ignorarlo. Porque sea más cómodo en apariencia y a cortísimo plazo, casi tanto como el placer efímero de esta bocanada del humo de mi cigarro, o el trago de ron al final de un día cualquiera, con el que muchos parecen contentarse, contenerse, anestesiarse, evadirse. O conformarse. Ni sé. Ya no juzgo, solo observo, y al hacerlo puedo verlo en todas partes. En una cola —como las de hoy—, en una guagua, en cualquier persona, joven o mayor, ahora multiplicada por mil, tan intensa que puedes sentir el filo cortante de esa cólera sorda y muda en la piel. Un monstruo invisible respirándote en la nuca no ya solapadamente para pasar desapercibido, sino con toda la intención de que lo notes, voltees y lo golpees en la cara y así te saques de dentro de una vez y por todas toda esta mierda que nos corrompe la existencia.

En esas iba, como siempre, cigarro en mano, calle arriba, cuando todo ruido o soliloquio interior cesó de pronto. Había un ruido mayor que el incesante en mi cabeza. Lo que sentí como un bullicio primero, un barullo de gente en las calles se convirtió de un momento a otro en un estruendo.

Doblo en la primera esquina y al llegar a la calzada miro a la derecha. En ese instante, justo por frente a la Iglesia de Jesús del Monte, frente al muro gigante de la curva, por donde hace ya trescientos años colgaron como escarmiento a los primeros rebeldes de este barrio, venía bajando calzada abajo, interrumpiendo el tráfico, la turba más grande que había visto en mi vida. Había casi tanta gente como en un primero de mayo cualquiera, eso sí, más enardecidas, mucho más. Y gritaban algo. Algo que no se escuchaba en las calles de esta ciudad desde hacía al menos veintisiete años ya. El ansia de un sentimiento que resumía el anhelo y la cura de la desesperación de todos entonces y ahora.

Un mazazo en la frente. La respuesta a todas mis preguntas e inquietudes, a toda la desazón y angustia que me atenaza el corazón: ¡Libertad!...

VIII

La anarquía

…Aquel día, un numeroso grupo de ciudadanos molestos y cansados por la carestía y la pestilencia, las prohibicio-nes y persecuciones, por la total impotencia y desamparo de ver morir sin remedio, caridad ni ayuda a sus familiares, por los abusos de las autoridades, marcharon hacia el edificio del Consejo. Los soldados intentaron detenerlos y la gente indignada respondió con lo que tenía, martillos, azadones, hoces, piedras. La situación se puso tensa y las autoridades se encontraron rodeadas y superadas en número prontamente, luego se abstuvieron de toda acción. En ese momento al menos, no corrió la sangre ni la situación fue a mayores. ¡Gracias a Dios! Los siervos del Señor gritaron a voz en cuello sus justas demandas …pero hay poderes que al parecer no escuchan…

—Fragmento del Diario Manuscrito del monje bávaro
Ulric Hauftsmann, siglo XIV

¡Libertad!¡Patria y Vida! El cambio de las viejas consignas gastadas, creencias ya sin creyentes sinceros. Un mar inmenso de pueblo. Incluso percibí una alegría y alborozo que hace mucho no veía en mi gente atormentada. Como si la libertad fuera un hecho y ya hubiese sucedido con solo enunciarla.

Cada sabiduría antigua nos dice que para que algo suceda en la vida real primero hay que pensarlo y creerlo. Pues ese día vi en la gente la materialización de la libertad bajando por la calzada de Diez Octubre, celebrando la victoria de una guerra que empezaba a librarse y ganarse en sus mentes. Ya nada sería igual otra vez. Era una fiesta anticipada y a la vez durante mucho tiempo, pospuesta.

Mientras avanzaban calzada abajo se iba sumando más gente. ¡Que se vaya el gobierno! Yo creo que todos los que estaban en la cola anterior se metieron ahí. Yo me dejé llevar, que me arrastrara esa marea. No me sentía tan dichoso no recuerdo desde cuándo. Por un momento olvidé las colas y los tormentos, incluso la pandemia. Había gente que llevaba los teléfonos encendidos y mostraban concentraciones similares. Abrí el mío: aquello estaba pasando en muchas partes en el país.

Todo había comenzado en San Antonio de los Baños, en la mañana, mientras yo estaba en la cola frente a la funeraria viendo como Raimundo huía con los bodegueros a esconderse de la indignación popular. ¿Un presagio quizás? Esto me lo hubieran contado entonces y jamás lo habría creído.

En La Habana la gente se reunió masivamente frente al Capitolio. Otro grupo, gigantesco, pasaba por delante de Cuatro Caminos. Era igual por todas partes, en Camagüey, Bauta, Holguín, Bayamo, Palma Soriano, Placetas, Güines, la Güinera, Cienfuegos… En Batabanó los curas hicieron sonar incluso las campanas de las iglesias y salieron a la calle con el pueblo.

Ya casi llegando a Toyo empezó a salir más gente de las bocacalles y a sumarse. De los solares que daban a la calzada, los callejones aledaños. La gente de verdad, la que veo todos los días luchando por la supervivencia, las que el poder ignora o criminaliza pero que también usa y manipula cuando les conviene. Algunos de ellos aprovecharon y en lugar de sumarse a la caravana arremetieron contra las tiendas a llevarse cosas. Otros se les fueron sumando. Pero el hambre no era el sentido de aquella marcha espontánea. No era el sentimiento preponderante, el calambrazo que puso en movimiento una masa ya casi inerte.

La manifestación llegó a Toyo como si de una plaza natural se tratara y allí confluyó la gente que venía bajando por la calzada de Diez de Octubre con las de Luyanó y más gente que venía subiendo desde el otro extremo, hacia donde está la Vía Blanca. Fue entonces que me aparté y decidí tomar fotos y videos de todo aquello. Era algo fenomenal, histórico, la liberación de mil frustraciones en un grito conjunto, una sinfonía de las más bellas que un ser humano pueda presenciar.

Entonces llegó la policía. Mucho habían tardado. Llegaron bajando a toda velocidad por la calzada de Luyanó buscando el entronque en Toyo con la de Diez de Octubre. Llegaron chillando gomas y la gente tuvo que apartarse a riesgo de ser atropellados. Llegaron con su actitud de siempre: su prepotencia uniformada, esa por la que tanto se les desprecia. Pero su propia arrogancia los puso en una situación impensable.

La gente se apartó, y al hacerlo abrieron como una boca en medio de la nutrida concurrencia que permitió que las dos patrullas que venían a atajar la situación quedaran justo en la intersección de las dos calzadas, frente al semáforo, rodeados de aquel mar de pueblo que enmudeció por un segundo. Parquearon en semicírculo casi, como en una maniobra mil veces ensayada, seguramente buscando impresionar, amedrentar, como va siendo su costumbre. Y al ver que la gente se apartó para evitar ser atropellada por semejante despliegue, se bajaron de las patrullas en las más beligerante y provocativa de las actitudes. Tonfas en mano, listos para la violencia. Pero acababan de entrar, sin saberlo, en el ojo de un huracán que estaba a punto de enseñarles el significado de la equívoca calma en medio de una tormenta.

Casi inmediatamente, de dentro del gentío, se alzó un clamor, un grito más sordo que el anterior de libertad, colmado de la indignación y el cansancio de un presente sin salida y del abuso de las autoridades, que una vez más parecía dispuesta a no ceder espacio a nada. A arremeter, atropellar, con la más total y absoluta impunidad. El bramido los detuvo en seco, congelados, apenas tres pasos fuera de las patrullas y aún con las puertas abiertas.

De en medio de la multitud saltaron al unísono gentes desde distintos puntos que decidieron tomar la iniciativa y atacar a los policías. Ante su retroceso, la multitud se les abalanzó sin miedo. Desde el portal donde estoy solo escucho el griterío de la gente y veo el tumulto y la bronca. Les quitaron la tonfa a algunos de los que decidieron enfrentarlos, que no fueron todos. Otros policías salieron corriendo por la calzada de Luyanó perdiéndose en las entrecalles. Ciertos manifestantes, enardecidos por la adrenalina del momento y la situación, persiguieron a los policías que huían y les acorralaron en los portales. Si no fueron linchados fue porque los vecinos cuyas casas tenían puertas de calle a esos portales y la gente de los solares que también estaba allí, intercedió para que la cosa no fuera a mayores y los muchachos se complicaran más. La mayoría eran jóvenes, adolescentes indignados.

121

Los policías de una de las patrullas, al parecer con mejores reflejos, vieron en un segundo lo que se les venía encima y les dio tiempo montarse enseguida y marcha atrás y a toda velocidad se alejaron del lugar, dejando a sus colegas de la otra perseguidora abandonados a su suerte.

En medio de tanto alboroto me percaté que entre los que saltaron hacia los policías estaba Ignacito. Él, y otro grupo de muchachos volcaron la patrulla que quedó en la escena, para subírsele encima. Saltaban sobre la patrulla e Ignacito agitaba en las manos una bandera cubana manchada de sangre. Sentí en la espalda el calambrazo indescifrable de una terrible premonición. Como los signos y presagios del Apóstol.

Con este incidente la manifestación tomó un cariz más peligroso. Muchos de los que habían marchado por la calzada una hora antes ahora se estaba recogiendo a sus casas porque presintieron que luego del altercado con la policía, el asalto a la tienda y ahora la patrulla volcada, las cosas se complicarían. Pero el grueso de la multitud seguía en la calle y gritaban a voz en cuello: ¡Libertad! ¡Abajo la dictadura! ¡Que se vayan! ¡Abajo el comunismo!

Cuando se despejó un poco la esquina, me acerqué un poco más a fotografiar la patrulla volcada. El maletero abierto y de revés, había dejado caer en el asfalto de la calzada algunas bolsas y su contenido: unos módulos de comida y aseo. El número del carro era el 388.

IX

Gritos de guerra

...Mientras todo esto sucedía, el Regidor pidió refuerzos al Duque. Cuando la multitud llegó a la plaza delante del edificio del Consejo, él salió al balcón a apaciguar los ánimos con palabras vacías, un exiguo discurso cuyo único propósito en ese instante, hoy sospecho, fue el de dispersar a la ciudadanía y ganar tiempo para que se agruparan las fuerzas enviadas por el Duque en las afueras de la ciudad. Apenas abandonó el balcón de la plaza, ya a salvo dentro del edificio, como todos los cobardes con poder, cuando ya no era peligroso, dio la orden de atacar a sus propios ciudadanos, sus siervos, los súbditos del ducado, que ya en su mayoría se dispersaban y recogían a sus casas...

La soldadesca entró por la puerta norte de la Ciudad y avanzó por las calles desenvainando espadas y preparando sus armas en silencio...

—Fragmento del Diario Manuscrito del monje bávaro
Ulric Hauftsmann, siglo XIV

Justo cuando estoy subiendo a las redes la foto de la patrulla volcada y otros videos que había tomado, la conexión a internet comienza a fallar. Andaba ya bien lenta desde el mediodía y comienzos de la tarde, pero ahora es cero. Los datos están como apagados. Incluso falla la señal telefónica. No soy solo

123

yo. Veo gente dentro de la protesta tratando de grabar o transmitir en vivo y no pueden. Se ven manos con teléfonos por encima de las cabezas de todos, buscando señal.

En una de las casas de aquellos magros portales de Toyo, cuya sala da prácticamente a la calle, está encendido el televisor y en una transmisión en vivo, el presidente designado —el puesto a dedo— ordena a los revolucionarios tomar las calles. A combatir, dice, dispuestos a todo.

Solo unos pocos de los alrededores y la gente de la casa escuchamos semejante llamado de guerra. Habla con los mismos ademanes y actitud de los policías que unos minutos antes intentaran someter a los manifestantes. Las mismas palabras y la misma prepotencia con que ordenan los líderes políticos todopoderosos de este país perdido en la autocracia de esta casta dirigente, designada e incuestionable. Aquel lenguaje descompuesto e intolerante, de manotazo sobre la mesa, que todos conocemos tan bien.

Los dueños de la casa apagan el televisor y cierran puertas y ventanas. La gente a mi alrededor, en los portales, se dispersa y desaparece por las mismas entrecalles por las que antes vino. Por un momento me parece ver a alguien uniformado de verde olivo a uno de mis costados que huye corriendo. Justo entonces suenan los primeros disparos y la muchedumbre, incrédula, enmudece. Nerviosa, expectante, como una fiera acorralada.

Vienen desde la Vía Blanca. Un contingente de verde olivo, policías y las muy temidas avispas negras, las tropas especiales uniformados de negro, con sus boinas y sus perros. Me da tiempo, aún no sé cómo, quizás con la destreza y agilidad que el miedo proporciona, de esconderme dentro de la panadería de Toyo. Cuando me deslizo debajo del mostrador encuentro otros ahí. Mirando por debajo del mueble, somos testigos de cómo le echan los perros a la gente, los golpean con las tonfas y sin preguntas de por medio.

Disparan sobre la multitud indefensa, desarmada y pacífica con armas largas y pistolas. Por primera vez en esta tierra vemos tropas antimotines de negro también, con cascos y escudos plásticos, macanas y palos largos contra la gente. Como en Venezuela hace unos años. Van en busca incluso, de los que intentan refugiarse en los portales. Sin piedad.

Contra las puertas de cristal de la panadería apalean hasta desmayar a un muchacho que no llegaría a los veinte años. Entre cuatro soldados antimotines. Lo dejan ahí tirado, sangrando. Más allá, en la intersección, algunos hacen resistencia y enfrentan a los policías, justo donde minutos antes habían enfrentado a los de las patrullas. La refriega es dura y, por lo que puedo ver desde donde estoy, no los pueden someter con facilidad. Entre ellos, me parece ver a Ignacito.-

Otros lanzan piedras a los antimotines y boinas negras antes de salir corriendo calzada de Luyanó arriba. Días después se supo que, en un pueblo del interior, cuando la policía fue a echarle los perros a la gente, estos les respondieron soltándoles los de ellos: perros de pelea. Los represores se tuvieron que retirar sin llevarse a nadie preso. Nuestra propia Intifada.

En menos de quince minutos en la encrucijada de las calzadas de Diez Octubre y Luyanó, atestada de pueblo media hora antes, no queda más que la patrulla volcada por Ignacito y los demás muchachos del barrio.

125

No podría con exactitud decir cuánto tiempo estuvimos allí escondidos, solo sé que al salir no quedaba un alma en la calle. Nos dispersamos sin mirarnos casi, definitivamente sin cruzar palabras. Yo diría que avergonzados. Ni siquiera puedo recordar quiénes fueron mis acompañantes esa tarde, pero en sus ojos veo el mismo estupor aterrorizado que sin duda expresan también los míos. Aún se oyen disparos y gritos a los lejos. Es de día aun y el sol de julio pica en la piel.

Es la víspera del nacimiento de Mariana Grajales, la madre de los Maceo. Al parecer había terminado la era de las premoniciones del Apóstol, las advertencias de tres años de catástrofes naturales y sufrimientos. Comienza quizás, la era de los guerreros difuntos… y Elegguá había sido su heraldo.

X

El terror

La represión fue brutal, sin piedad, como nunca se vio en esta Ciudad, pero la gente, no solo huyó despavorida, atemorizada, algunos decidieron hacerles frente a los soldados, mal armados como estaban. Fueron valientes... esta vez sí corrió la sangre, y durante horas solo se escucharon los gritos de terror de la gente, el seco y sórdido entrechocar metálico de las armas, el bullicio aterrador de una batalla campal en las calles ... Acababa de instaurarse una era de Terror... ya nada volvería a ser como antes...

—Fragmento del Diario Manuscrito del monje bávaro
Ulric Hauftsmann, siglo XIV

Desierta la calzada de Diez de Octubre, decidí regresar a mi casa como había llegado allí: por las entrecalles. Igual me costó. La gente había hecho lo mismo y los represores les persiguieron. El panorama en las calles de Luyanó y Santos Suárez aquella tarde noche de domingo fue macabro, como posiblemente, y solo lo recordarían los más viejos, no se veía desde 1958.

Me fui ocultando, como antes en la panadería de Toyo, en los portales de las casas del barrio, debajo de sillones o detrás de un cantero o una columna. Pasé escondido como veinte minutos debajo de la escalera de un edificio, escuchando disparos y gritos de personas golpeadas y subidas a la fuerza

127

en camiones. Alaridos que quedarán grabados en mi memoria como todo ese día.

No hay calle que no esté bajo asedio. General Lee, Cocos, Rabí, Serrano, Estrada Palma. Todas las casas están cerradas a cal y canto. No hay hacia donde huir ni esconderse.

El parque de Santos Suárez parece la Praga de los sesenta, solo que sin los tanques. Que se yo, como quizás lucía La Habana el 13 de marzo de 1956 o Santiago de Cuba el 30 de noviembre de 1956 o aquel 30 de julio de 1957, en que no se sabe bien cómo aun, ni por la delación de quién, la policía de esa misma ciudad encontró y mató a Frank. No había quien pasara por allí.

Por Serrano vienen subiendo más carros y camiones de las avispas negras y tropas especiales. Vienen de la Vía Blanca, desde donde mismo habían llegado disparando a Toyo antes por la calzada de Diez de Octubre. Al parecer los habían concentrado allí. Bajan efectivos por decenas y entran en escuadras por cada entrecalle. Barrio adentro, como *sus* misiones en Caracas.

Veo una familia llorando a un niño, desmayado y sangrando.

En una esquina, mientras me oculto temblando debajo de un almendrón allí parqueado, interceptan a un manifestante entre tres avispas negras y lo muelen a golpes. Lo dejan allí, inconsciente.

Cerca de Serrano, suben mujeres, jovencitas, a la fuerza, en los camiones. Si se resisten, las golpean sin miramientos.

Unas cuadras más, tenso, en puntas de pie casi, doblo para escapar de todo esto, pero encuentro otro panorama similar: policías y militares interrogan en plena a calle a jóvenes, desarmados, descamisados y descalzos, niños hechos de puras costillas y nada más; de codos y clavículas pronunciadas, mentones sangrantes y pómulos desfigurados siendo sacudidos como espantapájaros por guardias y policías de uniformes a punto de reventar de tanto musculo definido.

Buscan cabecillas, interrogan violentamente. Endebles torsos sobre los capos calientes de las patrullas. Manos trizadas por las puertas de las perseguidoras, golpean y maltratan sin el menor pudor, perdida toda careta, en medio de la calle y a plena luz del día de un domingo que parece no tener fin.

En una de las patrullas meten a piñazos a un joven casi esquelético, aunque alto, que se resiste a ser arrestado. Va casi desnudo, en calzoncillos.

En la siguiente esquina suben, en un carro particular, a un señor mayor con la pierna sangrando por un disparo quizás o tal vez algún porrazo.

Media cuadra más, a duras penas, y veo cómo el señor Jacinto, el de la cola en la mañana y luego en la tarde, con su jaba vacía en la mano, habla con unos militares y señala hacia algún lado. Los guardias salen corriendo hacia el lugar señalado y derriban de un golpe en la cabeza a un joven que graba todo aquello con su teléfono. Ya en el suelo le ponen una bota en el cuello y una pistola en la sien. Un carro de policía llega, lo montan y se van a toda máquina. El teléfono quedó en el suelo, machacado por las botas de los militares que siguen calle arriba, como sabuesos, buscando culpables. Jacinto no andaba ya por todo aquello.

Vuelvo sobre mis pasos, justo a tiempo para avanzar unos metros más y encontrar más militares y policías, esta vez disparando armas de fuego largas y cortas contra grupos de

129

personas que todavía, en medio de una calle, siguen gritando ¡Libertad! y ¡Abajo la dictadura!, mientras lanzan piedras contra los represores. Unos pocos valientes que aún se resisten a ser dispersados o detenidos. Ignacito está entre ellos. Los agresores, a pesar de estar mejor armados, se esconden tras los postes de electricidad y las columnas de los portales.

Dos cuadras más, a rastras casi, la entrada de un edificio se abre y gente que huye, entra; los vecinos los acogen y cierran las puertas rápido. Otros continúan corriendo calle arriba.

Estoy en el portal de otro edificio con el corazón en la boca. Los represores pasan corriendo, gritando improperios. Son gente mayor, la mayoría de este grupo y les cuesta correr, avanzar, pero van igual de enardecidos.

Cuando sus voces se pierden salgo y por primera vez desde Toyo veo calles despejadas y corro, sin pensar. Sin parar. Corro como se me persiguieran a mí. Desesperado. Sin resuello.

Lo que llegó a mi cuadra, ya casi cayendo la noche, fue un zombi. Una bestia muda y herida que no ansiaba más que introducirse en su madriguera oscura y esconder allí la cabeza, impotente, avergonzada de su propia cobardía.

Roto y al borde del desmayo, paré en la esquina, a tomar aire. Entonces lo vi.

XI

La tragedia

… las cosas se calmaron enseguida luego de la cruenta batalla en las calles, una calma impregnada de un miedo omnipresente, como Dios. Las calles estaban vacías y un pesado silencio se tragó a la Ciudad mientras los soldados del Duque siguieron patrullando y reprimiendo aun durante varios días después. A partir de entonces todo cambio para siempre…

Lo que no amainó un ápice fue la pandemia. La peste no conoce el sosiego. Pero la plaga no alcanzó al Regidor ni sus secuaces, sino a nosotros que amparamos a los ciudadanos en nuestro templo aquel día terrible, haciendo lo que es el deber sagrado de la Iglesia: la piedad para con los hijos de Dios, pero que es responsabilidad de los gobiernos.

Al parecer, así entró la enfermedad en nuestro templo y apenas unos días después despedimos a nuestro Abad. El Señor lo llamó a su lado. Un hombre santo, temeroso de Dios y piadoso como pocos…

En la mesa al lado de su cama había un par de objetos suyos que el resto de la congregación, por algún motivo que desconozco, decidió dejar a mi cuidado: un puñal con piedras ambarinas en el pomo, del mismo material que componía el rosario del Abad. Ese día el ámbar en ambos objetos lucían más oscuros que de costumbre. Sentí un escalofrío al recogerlos y nuevos presentimientos colmaron la paz de

131

mi alma y desconcertaron mis noches hasta la mañana gris en que se confirmaron mis peores augurios con un sudor frío, alta temperatura y el aún más terrorífico bulbo hinchado y caliente bajo el brazo y en el cuello…

Polvo somos y al polvo volvemos, así ha sido dispuesto por nuestro Señor persecula seculorum…

—Fragmento del Diario Manuscrito del monje bávaro
Ulric Hauftsmann, siglo XIV

Ignacito estaba con un palo en la mano, como una fiera emboscada, subido en la azotea de su casa, asediado por al menos diez policías que intentaban agarrarlo y no se atrevían. Uno de ellos, con lentitud y pasando desapercibido, logró subir por la pared a sus espaldas y lo agarró por detrás. Solo entonces los demás se atrevieron a actuar.

Le cayeron entre todos, reduciéndolo. Lo patearon allí mismo. Encima del cuarto en que encamada, su abuela Dolores se tapaba la cara y los oídos entre lágrimas mudas para no oír los gritos de su nieto.

Mientras, en el patio de la casa, su padre Bobby, que no recibió ese día las medicinas que Ignacito salió a buscarle, observaba cómo, a unos metros sobre su cabeza se llevaban a rastras a su hijo. El hombre se daba, desesperadamente y entre desgarradores lamentos, golpes en la cabeza contra unos de los postes de la cerca del minúsculo patiecito de aquella pieza de solar que les hacía las veces de hogar.

A Ignacito lo bajaron de la azotea de su casa hecho un guiñapo y lo tiraron como un saco dentro de una patrulla que salió a toda prisa. Sus amigos de la infancia, de toda la vida, como yo, estábamos paralizados por el miedo y el asco.

Esa misma noche la abuela Dolores moriría de un infarto, sin que hubiera nadie disponible para ocuparse siquiera de mover su cadáver. Bobby, más traumado que nunca, se perdió entre las calles rotas y solitarias del barrio, tratando de encontrar a su hijo sin entender nada de lo que estaba sucediendo.

Hasta allí llegó el magro almuerzo en mi ya estragado estómago. Vomité, me limpié la boca con el dorso de la mano y seguí. Tenía que llegar a ver a mi madre.

Apenas conseguí, al fin, doblar la esquina que me ponía en mi cuadra vi la cinta con la que cerraban el acceso. La marca de la peste. La condena de los leprosos. No podía pasar. No podría siquiera llegar a mi propia casa.

En el medio de la calle tenían parqueado un bus de los que usan para transportar, en contra de su voluntad la mayor parte de las veces, a los sospechosos de estar infectados con el virus o que hubieran estado en contacto con alguien enfermo. Rodeado de patrullas y militares.

Se me aflojaron las piernas, y caí arrodillado, gritando, como un niño perdido: estaban subiendo a mi madre en el bus.

133

XII

Colofón para un domingo

…hoy decidí dejar de penar y compadecerme, hoy he decidido incluso transgredirlo todo. He pecado y el Señor sabrá castigar mi insolencia, mi tremenda soberbia, que es pecado capital. Pero hoy, que el postrero castigo se acerca y me abandona el ánimo, no quiero tener que cerrar estas líneas sin antes referir, con la misma veracidad que he tratado de interpretar los acontecimientos de los últimos días, que decidí liberarme del terror, mis miedos, mis ansias, y le he gritado a la muerte a la cara, con las esca-sas fuerzas que me quedan.

"Pero se ha reído de mí. Me devolvió el sarcasmo, la condena indecible de lo predeterminado, lo indetenible, lo inevitable. La mueca precisa de lo que, al estar escrito, no hay nada que pueda hacerse, ni lucha que entablar. Al nacer, ya empezamos a morir. Solo queda esperar. Estamos condenados a la resignación… y claro, a la vida…

"De cualquier manera, siempre se muere mejor si ha podido uno sacudirse los miedos y las suciedades del alma. Se muere uno en paz consigo mismo que, en la hora postrera, es la única paz que importa. Una paz solamente socavada por la presencia agorera de ese puñal y ese rosario ambarinos que trastocan mi corazón. Hoy, como en el día de la muerte del Abad lucen más oscuros…

134

Pero ya no importan mis miedos ni presentimientos, el Señor tendrá la última palabra en el Juicio Final de las almas. Una vez allí, no quedara más que apelar a su misericordia divina, y quizás, con un poco de suerte y un último aliento de Fe, al olvido... la Nada...

—Fragmento del Diario Manuscrito del monje bávaro
Ulric Hauftsmann, siglo XIV

—¡Lo de Ignacito, y ahora esto de tu mamá les pasa solo a los gusanos y vendepatrias como tú!... si creen que con cuatro gritos y cuatro piedras de mierda pueden tumbar a la Revolución están muy equivocaos!... ¡Escorias!

Un despectivo chasquido de labios y enseguida una torta asquerosamente húmeda y caliente en el cuello. Raimundo me espeta sus amenazas, se regodea en mi desgracia, como en la de todos, desde siempre.

—Yo estaba allí, y lo vi todo. Al anormal de Ignacio... y a ti, grabándolo todo, con el teléfono. Yo estaba en Toyo, y ustedes van a pagar por esto, por traidores... ¡Lo de la perseguidora lo van a pagar muy caro pa que sepas!

Entonces baja la voz, en un tono más suave, tratando de sonar más convincente. Familiar incluso. Misericordioso casi. Magnánimo desde la grandeza de su brazalete rojo y negro. Pegado a mi oreja, casi más amenazante que las ofensas anteriores:

—Dame el teléfono, si quieres salir bien parado de esto y ver otra vez a tu mamá... ni ella ni nadie aquí tienen fiebre... depende de ti... tu sabrás...

135

No puedo más. Me levanto con tal rapidez que aquel viejo cae de nalgas en el suelo justo delante de mí. Me mira aterrado, descompuesto.

Saco el teléfono del bolsillo y lo lanzo al suelo aplastándolo de un pisotón. Total, todos los videos, y en especial la foto de Ignacito celebrando una victoria nunca alcanzada sobre la patrulla volcada en pleno entronque de las calzadas de Diez de Octubre y Luyanó, están ya en internet. Esa foto en particular, en menos de veinticuatro horas, se haría viral y aún mejor: histórica.

El viejo me mira incrédulo y temeroso desde el suelo.

—¡No te voy a dar na' viejo chivatón de mierda!... ¡Tú y todos estos perros abusadores son la escoria más grande de este país de mierda!... ¡Como el presidente hijueputa ese, unos *singaos* todos…!

Solo veo el suelo, los pies en el aire, caigo en el piso de la acera. Unas manos duras como prensas atenazan mis brazos y me levantan. Levito hasta el capó de la patrulla más cercana. Contrastan el calor en mi rostro desde el motor bajo el capó y el gélido metal de las esposas cerrándose alrededor de mis muñecas. Reducido, trato de luchar, resistirme, pateo, grito. Un calambre repentino e insoportable en la cabeza, un líquido caliente me corre por la espalda.

El tonfazo apagó toda luz del día.

Índice

Sobre el autor

Eric Beira Casanova (La Habana, 1983).Escritor. Licenciado en Economía por la Universidad de La Habana. Máster en Administración de Empresas por la Universidad Católica San Antonio de Murcia. Egresado del taller literario del Centro Onelio Jorge Cardoso de La Habana, en julio del 2012. Ha publicado *3 PM*. Varios de sus textos aparecen publicados en la revista *Racata*, en Miami, donde radica actualmente.